Jim Dodge
Wind in den Zäunen

JIM DODGE

WIND IN DEN ZÄUNEN

Mit Illustrationen von
Wilhelm M. Busch
Aus dem Amerikanischen
von Inge M. Artl

ULLSTEIN

Titel der amerikanischen Ausgabe: »Fup«

Amerikanische Originalausgabe 1983 City Miners Books, Berkeley
1984 Simon and Schuster, New York

Satz: Hagedornsatz, Berlin
Druck und Verarbeitung: May & Co., Darmstadt
Printed in Germany 1985
ISBN 3 550 06394 6

In Erinnerung an
meinen Vater

Ein bißchen Familiengeschichte

Gabriele Santee war siebzehn Jahre alt und im dritten Monat schwanger, als sie »Überschall-Johnny« Makhurst heiratete, Boeing-Testpilot und seit kurzer Zeit Erbe eines nicht unbeachtlichen Vermögens, das aus der Haushaltswarenbranche stammte. Die Trauung fand in einem girlandengeschmückten Hangar auf dem Flugplatz Moffit vor einem Dutzend betrunkener Kumpels von Johnny statt. Das Brautpaar stand auf der Tragfläche eines X-77 Düsenjägers, als es sich das Jawort gab. Zwei Monate vor Gabrieles Entbindung brach dieselbe Tragfläche über der Mojave-Wüste bei einem Testflug. Johnny hatte am Steuerknüppel gesessen. Nach einem verbissenen Gerichtsstreit mit einer von Johnnys diversen verflossenen Ehefrauen wurde Gabriele sein ganzes Vermögen zugesprochen.

Am 7. März 1958, neun Tage vor Jonathan Adler Makhurst II. drittem Geburtstag, fuhr Gabriele mit ihm zum Picknick und Angeln an den Plomona-Stausee. Kurz vor Mittag ging ein plötzlicher Regenschauer über dem See nieder und scheuchte sie ins Auto zurück. Sie saßen zusammen auf dem Vordersitz und aßen Jonathans Lieblings-Lunch: Sandwiches mit Frankfurter Würstchen, Mixed Pickles, Kartoffelchips und Orangensaft. Hinterher kuschelten sie sich aneinander und schauten zu, wie der Regen gleichmäßig auf den See fiel. »Meinst du, er wird gleich aufhören, oder sollen wir's aufgeben und heimfahren?« fragte Gabriele, aber Johnny war eingeschlafen.

Als Gabriele wieder auf den See hinausblickte, kreiste eine Ente durch den Regen. Sie ging etliche Meter vom Ende des wackeligen Bootsstegs entfernt auf dem Wasser nieder. Als der Regen ein paar Minuten später aufhörte, bettete Gabriele den immer noch schlafenden Johnny auf den Autositz, nahm ein paar Sandwichreste und stieg aus, um zu versuchen, die Ente heranzulocken und zu füttern. Am Ende des Bootssteges rutschte sie auf den regennassen Planken aus, schlug schwer mit dem Kopf auf, rollte ins Wasser und ertrank.

Tiny – wie Jonathan Adler Makhurst II. später genannt wurde – erinnerte sich kaum an den Tod seiner Mutter, aber das wenige, woran er sich entsann, stand ihm lebhaft vor Augen. Wie er allein im Auto aufwachte. Perlschnüre aus Regentropfen auf der Windschutzscheibe. Wie er nach ihr gerufen hatte. Wie schwierig es gewesen war, die Tür zu öffnen. Wie er auf den Bootssteg gegangen war und erneut nach ihr gerufen und dann geweint hatte. Die matschigen Stücke Sandwich, die weggefaulten Lücken im Geländer. Wie seine Mutter mit dem Gesicht nach unten im Wasser lag, als suche sie auf dem Boden des Sees nach etwas, das ihr hineingefallen war. Der große Vogel, der um sie herumschwamm. Die Explosion von Wasser und Schwingen, als er schrie.
In Tinys verworrener Erinnerung, vom Kummer erschüttert und von der Zeit genarrt, wurde dieser Vogel zu einem Schwan, riesiggroß, würdevoll, weiß wie Zuckerwatte, mit elegant geschwungenem Hals und unergründlich granatapfelroten Augen. Hätte Tiny gewußt, daß es sich um eine Ente handelte, wäre er vielleicht vorsichtiger gewesen, als er Fup fand.

Anfang April 1878, mitten in der schlimmsten Dürre im Bergland von Kentucky seit Menschengedenken, kam Jackson Santee zur Welt. Sechzehn harte Jahre später schlug er alle Warnungen seiner Verwandten vor dieser Dummheit in den Wind und machte sich mit vierzigjähriger Verspätung auf den Weg zum Goldrausch in Kalifornien. Während die letzten, glücklosen Unentwegten tief in der Sierra herumgruben, steckte Jake Santee seinen Claim an einem kleinen Fluß ab, nur wenige bequeme Wegstunden entfernt vom besten Bordell in Angel's Camp. Er fand zwar keine Goldader, aber doch genug, um bei einiger Vernunft damit bequem für den Rest seines Lebens auszukommen.
Während der nächsten beiden Jahre zog Jake zu Pferd durch Kalifornien. Nur war er nicht vernünftig. Drei Ehen – die längste dauerte sieben Wochen – rissen beachtliche Löcher in seinen Geldbeutel. Beim Glücksspiel verdiente er genug für seine feuchten Gelage, doch vom Trinken bekam er verrückte Visionen. Immer dafür, seiner inneren Stimme zu folgen, investierte Jack verschwenderische Summen in äußerst zweifelhafte Unternehmungen und lernte durch trübe Erfahrung, daß man Geld noch viel schneller wieder loswerden kann, als man es gewinnt.
Seine vierte Ehe dauerte einen Tag. Polly war Bibliothekarin in San Francisco. Der praktische Sinn, den Jake an ihr so bewunderte und der, wie er hoffte, seine Unbesonnenheit vielleicht mäßigen könnte, reichte leider bis ins Brautgemach. Als Polly ein Buch aufschlug und zu lesen begann, traf Jake auf der Stelle eine finanzielle Regelung der Trennung mit ihr. Einen Teil des Geldes gewann er beim Pokern in den Bars am Hafen zurück, doch dann riß seine Glückssträhne ab. Er wurstelte sich wochenlang durch. Als er keine tausend Dollar mehr in der Tasche hatte, lachte ihm bei

einem rasanten Spiel im Barbary Hotel wieder das Glück. Er gewann siebzehntausend in bar und dazu noch einen Grundstücksbrief für fast vierhundert Hektar Land nördlich vom Russian River entlang der Küste. Am nächsten Tag ritt er los, um den Besitz in Augenschein zu nehmen.

Die Farbe des Flusses hatte es ihm irgendwie angetan, dieses tiefe, klare Smaragdgrün. Es war Ende September. Wo die Sonnenstrahlen durch den Gipfelbaldachin der Rotholzbäume drangen und auf das Wasser fielen, sah Jake das Silber der Lachse aufblitzen, die flußaufwärts zu ihren Laichplätzen zogen. Der Goldfarn reichte seinem Pferd bis zum Bauch, und so weit als irgend möglich, ritt er am Fluß entlang und dann zum Gualala hinüber. Sein Besitz lag am Ende eines langen Bergkammes, dessen Flanken dicht mit Rotholzbäumen und Douglastannen bewaldet waren. Im Schatten eines gewaltigen Walnußbaumes stand ein großes Blockhaus mit zwei Schlafzimmern. In der Abendstille war der acht Meilen entfernte Ozean zu hören. Jake ließ sich häuslich nieder.

Er schaffte sich Schafe an, die drei Jahre lang ganz ordentlich etwas abwarfen, bis eine Nierenseuche die Herde hinwegraffte. Jake betrachtete den Verlust als Wink des Schicksals, der sich zufällig genau mit seiner wachsenden Langeweile traf. Er verkaufte fünfzig Hektar Grund, um ein gewisses Betriebskapital zu haben, und verbrachte den größten Teil der nächsten drei Jahrzehnte damit, durch die Bundesstaaten im Westen zu reisen und Karten zu spielen. Reich wurde er dadurch nicht, aber er kam über die Runden.

Mit einundsechzig Jahren heiratete er zum letzten Mal. Sie war

die propere Tochter eines Getreidehändlers aus Sacramento, und die Verbindung entsprach so ziemlich seiner Vorstellung von Liebe. Jake kehrte auf seine Ranch an der Küste zurück und begann Pferde zu züchten. Die Ehe hielt fünfzehn Monate, und aus ihr ging sein einziges Kind hervor. Drei Monate nach Gabrieles Geburt, brannte seine Frau mit einem Schuhverkäufer aus Fort Bragg durch und nahm das Baby mit.

Jake verkaufte die Tiere und zog wieder im Land herum, entmutigt, aber nicht wirklich niedergeschlagen. In Nevada City ging er eines Abends zwischen zwei Pokerrunden zum Pinkeln hinter das Wirtshaus und fand da einen alten Indianer zusammengekrümmt an der Mauer liegen. Als Jake näher zu ihm hinging und sich bückte, um ihm wieder auf die Beine zu helfen, entdeckte er, daß der Mann von mehreren Messerstichen schwer verletzt und dem Tode nahe war. Jake wollte losstürzen, um Hilfe herbeizuholen, doch ein eiserner Griff hielt ihn am Fußgelenk fest. »He, langsam, Kumpel«, sagte Jake. »Ich war das nicht. Ich hol dir jetzt einen Arzt.«

Der Indianer schüttelte den Kopf, ließ aber Jakes Fuß los und bedeutete ihm, sich niederzukauern. Jake ging neben ihm in die Hocke, und der Indianer drückte ihm einen Zettel in die Hand und flüsterte sterbend mit röchelnder, rasselnder Stimme: »Trink das. Bewahr die Ruhe, und du wirst ewig leben.«

Jake faltete das Blatt auseinander. Es enthielt ein Rezept für Whiskey. »Schaut verdammt nicht so aus, als ob dir das was genutzt hätte«, sagte er zu dem toten Indianer. Aber irgend etwas in den gebrochenen Augen des Indianers berührte ihn. Ohne an diesem Abend noch einmal eine Pokerkarte anzufassen, ging Jake in sein Hotelzimmer, packte seine Sachen und kehrte heim

auf die Ranch. Der Whiskey half ihm, die Ruhe zu bewahren. Die meisten Männer würden von einem Schluck dieses Ol'Death Whisper glatt in die Knie gehen; zwei Schluck davon verursachten bereits sanfte Halluzinationen und Wahnideen. Das Rezept bescherte ein Destillat, das nach Jakes Schätzung beinahe siebenundneunzig Prozent Alkohol enthalten mußte, die kondensierte Essenz himmlischer Dämpfe. Hingebungsvoll widmete er sich der Aufgabe, das Produkt noch weiter zu verfeinern. Da er aus den Bergen von Kentucky stammte und obendrein in einer Dürreperiode geboren wurde, war er durch erbliche Veranlagung und viel Einfühlungsvermögen dazu ausersehen, dieses Geschäft zu meistern, und mit der Meisterschaft begann die wahre Kunst. Im Verlauf von Fermentation und Destillation fand er nicht nur Metaphern, die Antworten für seinen Geist waren, sondern auch ein Mittel, das ihn erweiterte.
Die nächsten anderthalb Jahrzehnte lebte Jake auf seiner Ranch. In der Scheune brannte er ab und an ein Quantum von fünfzig Gallonen Whiskey, erledigte die notwendigen täglichen Routinearbeiten und verbrachte seine freie Zeit damit, auf der Veranda zu sitzen, die Früchte seiner Arbeit zu genießen und seine Gedanken schweifen zu lassen. Ein paarmal machte er sich zu Fuß auf, um seine Nachbarn in den umliegenden Bergen zu besuchen. Ursprünglich hatte er gehofft, seinen Whiskey gegen andere Annehmlichkeiten eintauschen zu können, aber seinen Nachbarn – fast lauter schwer arbeitende Schafzüchter – mangelte es sowohl am Geschmack als auch an der nötigen Trinkfestigkeit für solch ein hochprozentiges Gebräu. Daher fanden die meisten mit der Zeit eine andere Verwendung für sein Elixier. Sie benutzten es als Treibstoff für den Traktor, Sprengstoff für Wurzelstöcke

und, kräftig mit Wasser verdünnt, als Medikament für beinahe alles, was ihre Herden befiel, von der Räude bis zu den Lungenwürmern. Mit seinem Gemüsegarten voller Unkraut, ein paar Hühnern, dem Fischfang und der Jagd und den ziemlich regelmäßigen Gewinnen bei den samstäglichen Pokerrunden kam Jake ganz gut durch. Er entwickelte eine sehr flexible Auffassung von dem, was lebensnotwendig war. Wenn der Whiskey zur Neige ging, vermochte er das erforderliche Rohmaterial für neuen immer irgendwie aufzutreiben. Alles andere, was über diese unbedingte Notwendigkeit hinausging, ignorierte er großmütig, wobei ihm zugute kam, daß seine Bedürfnisse bescheiden waren.

Von seiner Tochter erhielt er, als sie schwanger war und Geld brauchte, einen Brief. Er antwortete ihr auf einer Postkarte:

> *Liebe Gaby!*
> *Heirate. Meine Frauen haben immer ganz schön abkassiert, und das kannst Du auch, falls Du nicht gerade ausschaust wie ein Sack Runkelrüben. Es freut mich, daß ich Großvater werde. Laß mich wissen, wie alles ausgeht. Falls es schiefgehen sollte, bist Du hier willkommen, obwohl ich glaube, Dir wird es hier nicht gefallen. Mit Geld kann ich Dir nicht aushelfen, weil ich selbst nicht viel habe.*
> *Dein Vater.*

Es kostete ihn fast den ganzen Nachmittag, diese Karte zu schreiben. Abgesehen von seiner Unterschrift auf Schuldscheinen beim Pokern, waren diese Zeilen das erste und einzige, was er in beinahe zwanzig Jahren geschrieben hatte. Gabrieles Brief war auch der einzige, den er in dieser Zeit erhalten hatte, zumindest der einzige private. Hin und wieder kam ein amtliches Schreiben von irgendeiner Behörde, aber mit denen wollte Jake nichts zu tun haben, und da er sich auch nicht vorstellen konnte, was die von ihm wollten, schmiß er die Dinger immer gleich ins Feuer.

Es war im Winter 1957, etwa so um die Zeit herum, als Alice Parkins mitbekam, wie er splitterfasernackt am McKensee Creek entlanglief und versuchte, einen Lachs mit seiner Angelrute aufzuspießen, daß die meisten Leute in der Gemeinde zu der Meinung gelangten, Jake Santee sei ein bißchen verrückt. Zu Jakes Glück handelte es sich jedoch um eine jener Gemeinden, wie sie ansonsten in Amerika beinahe verschwunden sind; eine, in der die Nachbarn respektvoll und freundlich zueinander sind und sich – solange einer bloß ein bißchen verdreht und kauzig, aber nicht gefährlich ist – um ihre eigenen Angelegenheiten kümmern. Jake selbst betrachtete sich natürlich keineswegs als verrückt oder auch nur leicht sonderlich; doch wie ein jeder, der lange und viel zu sinnieren pflegt, verlor er sich gelegentlich in seinen Gedankenstreifzügen. Jake, zunehmend überzeugter von seiner verflixten Unsterblichkeit, hatte es nicht eilig, zurückzukehren. Er sagte sich, daß er reichlich Zeit habe. Er sah sich selbst so wie diesen Biber, den er vor ein paar Jahren einmal auf dem Gualala beobachtet hatte, wie er sich auf dem Rücken den Fluß hinunter tragen ließ, die Pfoten auf der Brust gefaltet, mit dem Schwanz steuerte und faul und glücklich zum tiefblauen Himmel hinaufschaute. Allerdings störte zu Beginn des nächsten Frühlings der Sheriff den gemächlichen Verlauf von Jakes Leben.
Cliff Hobson, der aus dieser Gegend stammte, war nach der Rück-

kehr aus dem Koreakrieg Sheriff geworden. Er betrachtete seinen Job als öffentliche Dienstleistung, bei der er den Leuten helfen und Scherereien verhindern konnte. Schon bevor er nach Korea mußte, hatte Cliff gewußt, daß Jake Santee ein bißchen Whiskey brannte. Er hatte ihn sogar einmal selbst probiert, als er eine Ladung Holz bei dem alten Mann ablieferte. Beim Herunterschlucken schmeckte das Zeug wie Diesel, und als es in seinem Magen ankam, dachte Cliff Hobson, das komprimierte Gemisch eines Motorenzylinders würde gezündet – ein Vergleich, an den er sich noch immer erinnerte. Er sagte sich, daß niemand dieses Gebräu kaufen würde, um es zu konsumieren, und betrachtete daher den Fall auch nicht als einen Verstoß gegen das Gesetz und sah deshalb auch keinen Grund, ein Problem daraus zu machen. Cliff mochte seinen Job, der es ihm ermöglichte, in einem nagelneuen Jeep mit Allradantrieb und Funkgerät herumzufahren. Das einzige, was ihm nicht gefiel, war, schlechte Nachrichten überbringen zu müssen. Und was Jake Santee anbelangte, wußte er im vorhinein, daß dem die Sache nicht schmecken würde.

»Was zum Teufel soll das heißen?« schrie Jake und zerknüllte das Schreiben mit seiner knochigen Hand.

Cliff trat einen halben Schritt zurück. »Das bedeutet, daß ein Verfahren eingeleitet worden ist, um dein Land zu verkaufen, damit die Steuerschulden beglichen werden... Du hast bisher kein einziges Mal Steuern bezahlt, das steht da drin.«

»Ich hab die gottverdammte Ranch übernommen, ehe es so was wie Steuern gegeben hat.«

»Jetzt gibt's mittlerweile schon seit längerem Steuern«, murmelte Cliff. »Und es sieht nun ganz so aus, als ob du sie jetzt wirklich zah-

len mußt, oder die verkaufen die Ranch an jemand, der das tut.«
»Ich hab keine siebzigtausend in bar, aber ich *hab* eine feine Schrotflinte *und* eine großkalibrige Doppelbüchse, und du kannst *denen* ausrichten, daß sie mich zuerst umlegen müssen, wenn sie meine Ranch haben wollen, und selbst wenn ihnen das gelingt, dann macht mein Geist ihnen noch das Leben zur Hölle. Hast du das kapiert?«
»Hier wird auf keinen Fall herumgeballert«, betonte Cliff energisch.
»Na gut«, blaffte Jake. »Dann wird eben keiner von denen umgelegt.«
Dabei ließen sie es einstweilen bewenden.
Vier Tage später erschien der Sheriff ein weiteres Mal, doch als er diesmal wieder ging, war Jake in Tränen aufgelöst. Gabriele, sein einziges Kind, war ertrunken.
Es war das erste von zwei Malen, daß Jake aufhörte zu trinken. Drei Tage lang, bis das Begräbnis vorbei und seine Tochter unter der Erde lag, mied er den Alkohol. Die meisten Leute hielten diese unerwartete Abstinenz für ein Zeichen des Respektes und waren über sein Verhalten gelinde überrascht; andere, die ihn etwas besser kannten, werteten dies als Ausdruck tiefer Trauer und waren irgendwo erleichtert, als Jake wieder anfing zu trinken. Die wohlmeinenderen Seelen gingen davon aus, daß er seinen Enkel adoptieren wollte, weil sich das eben so gehörte, obwohl sie im stillen bezweifelten, daß ein Mann von beinahe achtzig ein Kind richtig aufziehen konnte. Jedenfalls glaubten sie aber nicht, daß er das wegen des Geldes tun wollte. Die anderen wiederum waren sicher, daß es nur das Geld war: Mit einem Erbe von fünfhunderttausend Dollar konnte man eine Menge Steuerschulden

bezahlen, und es würde immer noch sehr viel übrigbleiben, um seinen Hang zu kostspieligen Eskapaden zu befriedigen. Tatsache war, daß die regelmäßigen Teilnehmer an der Pokerrunde am Samstagabend acht zu fünf darauf wetteten, Jake werde den Jungen keine zwei Jahre bei sich behalten.

Aber für Jake war die Sache viel komplizierter als alle ihre verschiedenen Meinungen zusammengenommen; so kompliziert, daß er gar nicht erst versuchte, sie zu verstehen. Als er durch Gabrieles Anwalt von der Erbschaft erfuhr, trat ein Funkeln in seine Augen; als er seinen Enkelsohn dann zum erstenmal sah, spürte er sein Blut prickeln. Er malte sich aus, wie sie spätnachmittags zusammen an dem tiefen Teich bei den Tottleman's Fällen angelten, wie der Bub aufschrie, wenn der Schwimmer wegtauchte, weil eine große Regenbogenforelle auf den Wurmköder angebissen hatte. Er dachte an Geburtstage und Baseballhandschuhe und an gelegentliche Fahrten in die Stadt zum gemeinsamen Besuch eines Baseballspiels mit den lausigen »Giants«. Für ihn war der Junge jemand, dem er das Kartenspielen beibringen, mit dem er trinken und dem er die tausend Geschichten aus seinem Leben und die Geheimnisse der Unsterblichkeit erzählen konnte. Und falls Jake auch an die vierhundertdreißigtausend Dollar auf einem gemeinsamen Konto dachte und an die weiteren siebzigtausend, die für Unterkunft und Verpflegung bestimmt waren und noch dazu kamen, so ließ er sich davon nicht über Gebühr beeinflussen.

Miss Emma Gadderly, die Sozialfürsorgerin, erklärte Jake, sie könne nicht mit gutem Gewissen zustimmen, daß er das Sorgerecht für den kleinen Johnny erhielte. Als er daraufhin empört knurrte, zählte sie gelassen alle Gründe auf, warum dem so war:

Er wär beinahe achtzig und könne nicht damit rechnen, noch allzulange zu leben; er sei ein notorischer Trinker und Spieler; es gäbe kein weibliches Wesen in seinem Haushalt; sein Besitz stünde wegen Steuerhinterziehung zum Verkauf; und im Hinblick auf die beträchtliche Erbschaft wären seine Motive, offen gesagt, verdächtig.
Jake flogen die Spuckefetzen aus den Mundwinkeln, und er fuchtelte mit einer Fleischsäge herum, um seine Gegenargumente zu unterstreichen: Neunundsiebzig Jahre wären ein Klacks für einen Unsterblichen; durch Trinken und Kartenspielen würden Jungen zu Männern; in seinem Haushalt gäbe es sehr wohl ein weibliches Wesen, nämlich seine neue Jagdhündin Nockie, zwar noch ein Welpe, aber immerhin...; außerdem hätte er die Absicht, die Ranch seinem Enkel als Sicherheit zu überschreiben; im übrigen gingen seine Motive sie einen Dreck an, und wenn sie sich einmischte, dann zöge er eben vor Gericht, bis vor den Obersten Gerichtshof, falls nötig; und zu guter Letzt würde er ihr noch eigenhändig den Hals umdrehen, das könne er ihr schon jetzt versprechen. Er bugsierte Miss Gadderly zwar mit der Fleischsäge rückwärts zur Tür hinaus, aber er brachte sie nicht dazu, aufzugeben.
Am nächsten Morgen fluchte Jake bei der Erinnerung an ihren Besuch noch immer vor sich hin, nahm die sechshundertzweiunddreißig Dollar, aus denen sein ganzes Barvermögen bestand, packte ein paar Kleidungsstücke und neun Krüge Ol'Death Whisper ein und zog los, um Karten zu spielen. In den Spielsalons an der Nordküste Kaliforniens sprechen die Leute noch immer im gleichen Ton davon wie von den Waldbränden des Jahres 1941. Sein Alter und seine Rücksichtslosigkeit wirkten einschüch-

ternd, und sein geradezu unglaubliches, himmelschreiendes, gottgeschenktes Scheißglück fegte die Spieltische blank. In drei Monaten gewann Jake fast neunzigtausend Dollar, und jedesmal, ehe er einen Ort verließ und weiterreiste, schickte er einen Barscheck an die Kanzlei Gutt, Cutt & Freese, eine Sozietät von skrupellos brillanten Anwälten, die sich auf Erbschaftsfälle spezialisiert hatten, auf jeden Scheck reagierten wie Piranhas auf Blut und einen neuen Wirbel aus Schriftstücken, Eingaben und Einsprüchen auslösten. Durch geschicktes Manövrieren mit Briefumschlägen voll gut angelegten Scheinen, landete der Fall schließlich bei Richter Wilber Tatum, einem Achtzigjährigen mit siebzehn Enkelkindern, einer verwirrenden Straßenkarte aus geplatzten Adern im Gesicht und einem ständigen Kredit von zehntausend Dollar in einem Spielkasino in Las Vegas, obwohl er an acht Ex-Ehefrauen Unterhalt zu bezahlen hatte.

Großvater Jake, wie alle ihn auf seinen Wunsch nun nannten, brachte seinen kleinen Enkelsohn mit einem neuen Kombi auf die Ranch. Unterwegs redete er unentwegt auf den Jungen ein, zeigte ihm, wo sie angeln und schwimmen und jagen würden, wo man den Weg abkürzen konnte, nannte ihm die Namen der winkenden Nachbarn, an denen sie vorbeifuhren. Tiny starrte geradeaus und nickte nur ein wenig.

Im Blockhaus angekommen – er hatte sich von Lottie Anderson beim Saubermachen helfen lassen –, setzte er Tiny mit einer Flasche Milch und einer Packung Knusperflocken an den Tisch, lud anschließend den Wagen aus und richtete das Zimmer des Jungen ein. Als er wieder in die Küche kam, saß Tiny vor der Holzkiste auf dem Boden und baute aus Kienspänen einen kleinen Zaun. Jake ging nach draußen und hackte noch mehr Späne. Ein Entenschwarm flog in einer ungleichmäßigen V-Formation vor der untergehenden Sonne gen Süden, doch der Anblick fesselte ihn nicht so wie sonst. Er hatte jetzt ein Enkelkind, um das er sich kümmern mußte, und Verantwortung. Er fühlte, wie er sich auf sich selbst besann. Die Enten konnten alleine für sich sorgen.

Das große Dame-Turnier

Zu Beginn des Frühjahrs 1977 wurde Johnathan Makhurst, genannt »Tiny« und gerade zweiundzwanzig geworden, allmählich nervös. Nach einem fünf Tage währenden Unwetter mit wolkenbruchartigen Regenfällen und bäumezerfetzenden Stürmen Anfang Februar hatte es aufgeklart, und ein falsches, mildes Frühlingswetter setzte ein, das bis in die zweite Märzwoche anhielt. Tiny traute der Sache zuerst nicht, doch zwanzig Tage nach dem Regen ging er hinaus und prüfte die Bodenbeschaffenheit. Sie war genau richtig. Tiny hatte den Zaun den ganzen Winter über geplant, ihn auf kariertem Zeichenpapier maßstabsgerecht aufgezeichnet und jeden Sonntagnachmittag seine Werkzeuge gereinigt und geölt, bis Großvater Jake schwor, sie würden ihm noch aus den Händen glitschen, und nun gab es nach all diesen Vorbereitungen endlich auch die idealen Arbeitsvoraussetzungen: Der Zustand des Bodens war genau richtig, um Zaunpfostenlöcher zu graben, er war nicht zu weich und nicht zu hart. Am ersten Tag grub Tiny einhundertzwanzig Pfostenlöcher in schnurgerader Reihe, jedes exakt einen halben Meter tief und zweieinhalb Meter vom nächsten entfernt. An diesem Abend ging Tiny pfeifend heim, verdrückte einen halben Rehbraten und einen Berg Kartoffelbrei zum Abendessen, wusch das Geschirr ab, schlug Großvater fünf zu Null beim Damespiel, kippte seinen abendlichen Schluck Ol'Death Whisper herunter und wollte gerade zu Bett gehen, als Großvater Jake zur Tür steuerte.

»Willst du wieder mal zu deiner Freundin?« Tiny grinste, denn das war die einzige Erklärung, die Großvater abgegeben hatte, seit er sich vor ein paar Wochen diese nächtlichen Spaziergänge angewöhnt hatte.
»Besser als alleine«, brummte Großvater und war schon weg.

Die plötzliche, grelle Helligkeit schreckte Tiny aus dem Schlaf. Er war benommen und verwirrt, und es kam ihm so vor, als sei er Stunden dem gleißenden Licht ausgesetzt, ehe der Himmel endlich aufriß und ein gewaltiger Donnerschlag das Haus erbeben ließ. Als er verhallte, erhob sich der Wind und heulte hinter seinem Echo her. Die ersten Regentropfen fielen in hektischen Schauern, dann schüttete es. In einem ungewöhnlichen Anfall von Heftigkeit schleuderte Tiny sein Kopfkissen an die Wand.
Dieser Sturm war nur der erste von dreien, die von Hawaii her herangefegt kamen. Ein jeder dauerte rund zwei Tage, und zwischen den tropischen Regengüssen herrschte ungefähr fünfzehn Stunden lang feuchte Windstille. Diese Pausen waren eine Qual für Tiny: Sie waren verlockend und dann wiederum nicht. Und Großvater Jake war beinahe genauso schlimm. Vom ersten Sturm im Freien überrascht, war er mit einer Erkältung heimgekommen – der ersten in seinem Leben, wie er behauptete – und mußte prompt das Bett hüten. Tiny kochte und sorgte für ihn, was hauptsächlich darin bestand, ihm seinen Whiskey zu bringen und jeden Tag stundenlang Dame mit ihm zu spielen. Großvater Jake meinte, wenn er schon liegen müsse, dann wolle er wenigstens die Zeit nutzen, seine Taktik zu verbessern, bevor er Lub Knowland zu einer Partie um einhundert Dollar herausforderte. Tiny hatte Lub Knowland insgesamt zweitausendsiebenhundert Dollar ab-

geknöpft, noch ehe er alt genug war, um sich rasieren zu müssen, und jetzt, zehn Jahre später, konnte er seinen Großvater mit der Präzision einer Atomuhr nach Strich und Faden besiegen.

Am ersten Tag vereinbarten sie eine auf neun Partien angesetzte Runde, deren Gewinner derjenige war, der es zuerst auf fünf Siege brachte. Als Tiny fünfmal hintereinander gewann, bestand Großvater auf einem auf zehn aus neunzehn geänderten Modus, »um Glückszufälle auszuschalten«, wie er sich ausdrückte. Die Stürme waren schon seit zwei Tagen vorbei, und Tiny sehnte sich danach, zu seiner Arbeit an den Zäunen zurückzukehren, als sie bei einem Gewinnmodus von fünfhundert aus neunhundertneunundneunzig angelangt waren und es vierhunderteinundfünfzig zu zwölf für Tiny stand. Zu zwölf deshalb, weil Tiny genau zwölf Spiele zuvor plötzlich aufgegangen war, daß Großvater nicht gesund werden würde, solange er nicht gewann, worauf Tiny begonnen hatte, so viele Züge wie nur möglich absichtlich zu vermasseln, was nicht immer einfach war bei Großvaters zunehmend exzentrischer Spielweise.

Sie saßen sich weitere drei Tage lang am Damebrett gegenüber. Wenn man sie so betrachtete, hätte man nie gedacht, daß sie miteinander verwandt waren. Tiny war zweiundzwanzig, aber sein rundes, weiches Gesicht, noch unausgeprägt wie bei einem Heranwachsenden, ließ ihn sechs Jahre jünger wirken. Großvater war neunundneunzig, im allgemeinen geistig hellwach, aber doch manchmal ein Opfer von Gedächtnislücken und Altersschwäche. Tiny, der wie so manch anderer unter seinem Spitznamen zu leiden hatte, war barfuß einsneunzig groß und brachte gut zwei Zentner auf die Waage. Sein Großvater Jake kam in Cowboystiefeln auf einsfünfundsechzig und wog knapp mehr als fünfund-

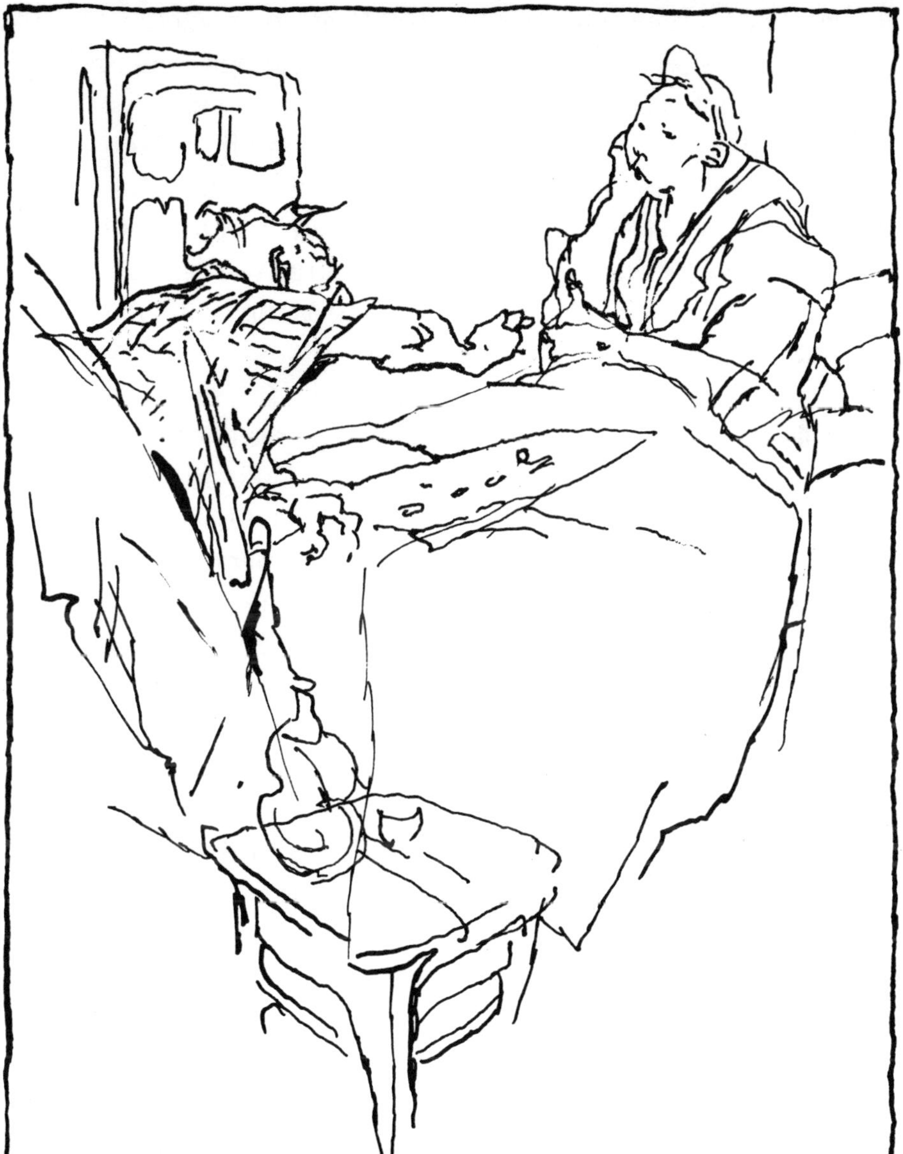

fünfzig Kilo, behauptete aber, bei der kleinsten Anspielung darauf, im Brustton der Überzeugung, daß er ursprünglich einsachtzig groß und fünfundachtzig Kilo schwer gewesen sei, bevor harte Arbeit und noch härtere Frauen ihn hätten einschrumpfen lassen. Trotzdem befände er sich noch immer im Nahbereich seines besten Mannesalters und könne jedem den Hintern zu Kleinholz treten. Zum Glück war Tiny so liebenswürdig wie sein Großvater grob, so friedfertig und sanft wie der alte Mann heftig und streitsüchtig.

Die Unterschiede im Temperament offenbarten sich auch sonst. Tiny liebte die offene, klare Linie des Damespiels; Großvater hingegen zog Kartenspiele vor, wo seine Stärke zu bluffen zum Tragen kam und man mit dem Verstand allein bös' baden gehen konnte. Tiny begann sein Tagwerk im Morgengrauen; Großvater fing an sich zu regen, wenn es Mittag wurde. Tiny machte es nichts aus, das Geschirr abzuwaschen; Großvater wiederum kochte – eine Fertigkeit, die er sich durch Tinys Adoption zwangsweise hatte aneignen müssen und die ihm mit der Zeit seltsamerweise Spaß machte –, aber nur das Abendessen, weil das seine einzige Mahlzeit war, denn das Frühstück verschlief er, und sein Mittagessen bestand aus einer Tasse Kaffee und einem Schluck Ol'Death Whisper. Tiny trank wenig, meistens nur ein Gläschen vor dem Schlafengehen, um die Träume fernzuhalten; Großvater seinerseits trank eine Menge, oft über einen halben Liter pro Tag, um die Träume anzukurbeln.

Tiny angelte mit selbstgefertigten künstlichen Fliegen, was Großvater ganz unmöglich fand. Er selbst verwendete Regenwürmer, hatte sie sein Leben lang benutzt und sah verdammt nicht ein, warum irgend etwas daran falsch sein sollte, und schwor, daß eher in der Hölle Eis am Stiel serviert werden würde, bevor er auch nur einen Gedanken daran verschwendete, mit einem Büschel Kükenfedern an einem Haken zu angeln.

Tiny pflegte in der Regel gutmütig und gelassen zu schmunzeln, Großvater Jake jedoch zu krähen, kreischen, schnauben, heulen und brüllen.

Tiny besaß ein vollständiges Gebiß, das aus kräftigen, schönen Zähnen bestand; Großvater hatte kräftige gutgeformte Kiefern plus fünf Zähne, von denen die zwei mit Gegenbiß ihm bei Fleischknorpeln einen Vorteil verschafften.

Tiny waren Träume zuwider; Großvater ließ sich von ihnen immerzu forttragen wie ein treibender Stock auf einem Fluß.

Verglichen mit den zahlreichen, aber eher äußerlichen Unterschieden, die zwischen ihnen bestanden, gründeten die wenigen Gemeinsamkeiten tief: Sie wurden von der unausgesprochenen Zuneigung geprägt, die sie füreinander empfanden, von einer Achtung jenseits der Toleranz, von einem im Blut liegenden Verständnis für das, was das Herz des anderen bewegte.

Zu Anfang hatte Jake, liebevoll vernarrt in den Jungen, wie er war, versucht, Tiny aus seinem Schneckenhaus herauszulocken, und ihn mit Süßigkeiten, Bällen, Spielzeugautos, Angelruten, Schokoladenkeksen und restloser Aufmerksamkeit überhäuft. Als Lottie Anderson ihm gegenüber erwähnte, daß Kinder in Tinys Alter gern in Sandkästen spielen, ließ Jake unverzüglich von einem Baugeschäft eine Riesenfuhre erstklassigen Flußsand anliefern. Und weil er fand, jeder Junge müsse einen Hund haben, schaffte er in einem Monat gleich deren vier an: ein Paar Jagdhundwelpen, einen Cockerspaniel und eine eigenwillige Beagle-Promenadenmischung namens Boss, die es ohne Zutun seines Whiskeys auf

stolze achtzehn Lebensjahre als ständiger Gefährte Tinys brachte, bevor ein riesiger Wildschweineber, Lockjaw genannt, ihr den Bauch aufschlitzte. Mit eisernem Willen schaffte Boss es noch, nach Hause zu kommen und an der Tür zu kratzen, ehe er starb.
Als diese Flut von gutgemeinten Dingen bei Tiny allenfalls kühle, wenn auch höfliche Reaktionen auslöste, setzte Großvater Jake sich mit einem Krug Whiskey auf die Veranda, um darüber nachzudenken. Er brauchte eine Weile, um das Offensichtliche zu begreifen: Tiny war durch den Tod seiner Mutter völlig verstört, und nachdem nur die Zeit und vielleicht ein wenig zärtliche Zuwendung dies heilen konnten, beschloß Großvater, einfach zu bleiben, wie er war und so zu leben wie bisher, und falls der Junge sich ihm anschließen wollte, dann war das gut und schön, und wenn nicht... nun, Jake war es gewohnt, allein angeln zu gehen. Echte Gefühle brauchen eben eine Weile, um die Vertrauensbasis zu schaffen, auf der sie wahrhaftig von Bestand sind, und Jake sagte sich, daß ein Unsterblicher wie er, wenn schon über nichts anderes, so doch über jede Menge Zeit verfügte.
Ihre persönlichen Leidenschaften galten zwar verschiedenen Dingen, waren aber von gleicher Heftigkeit. Von dem Augenblick an, da Jake den ersten Schluck Whiskey, der auf das Rezept des sterbenden Indianers zurückging, gekostet hatte, widmete er sich hingebungsvoll der Aufgabe, diesen Whiskey noch zu verfeinern. Er verfolgte dieses Ziel mit dem Eifer eines der alten Alchimisten auf der Suche nach dem Stein der Weisen. Wie er jedem erklärte, der zuhören wollte, war er nicht so sehr hinter der Reinheit her – reinen Alkohol, verdammt noch mal, konnte schließlich jeder überall kaufen –, sondern hinter etwas viel Kostbarerem: dem molekularen Charakter.

Irgendwann Ende der sechziger Jahre erschien eines schönen Tages ein Hippie auf der Ranch. Mit glasigem Blick, die Worte beim langsamen Sprechen dehnend, erklärte er, daß er sich auf der Suche nach geistiger Erweiterung befände und alles, was dazu beitrüge, ihm willkommen sei. Er habe gehört, daß Jake ein Getränk mit solchen geist-verändernden Eigenschaften herstellte. Der Hippie bot ihm für eine anständige Kostprobe zwei LSD-Tabletten an.

Kreischend und tobend ließ Großvater sich darüber aus, wie sehr er Drogen haßte und daß er diesen langhaarigen Nichtsnutz und Scheißkerl erschießen sollte, der versuchte, seinen Enkel zu verderben. Aber weil es nur so selten vorkam, daß tatsächlich jemand seinen Ol'Death Whisper wirklich probieren wollte, gab er dann doch nach, weigerte sich jedoch, auf das Tauschgeschäft einzugehen. Der Langhaarige, der sich Bill the Thrill nannte, verlangte nach der optimalen Dosis, und Großvater, der nur sein eigenes Trinkvermögen als Maßstab kannte, veranschlagte sie auf einen guten halben Liter. Bereits der erste Schluck ließ den Langhaarigen sichtlich erbeben. Trotzdem brachte er noch ein halbes Dutzend weiterer schneller Schlucke herunter, bevor er auf der Veranda zusammenbrach und sich derart auf dem Boden wand, daß Boss, Tinys streitsüchtiger und stets lüsterner Beagle, ankam und versuchte, ihn zu bumsen. Diese Aktion löste in dem Langhaarigen eine geistige Veränderung aus, die nur ziemlich schwer zu begreifen war. Soweit Großvater das zusammenreimen konnte, mußte der langhaarige Bursche gedacht haben, er sei ein Waschbär oder dergleichen, denn er raste wie von der Tarantel gestochen auf den Walnußbaum vor dem Haus zu, war mit einem einzigen gewaltigen Satz oben und hockte dort in dem kahlen

Geäst die nächsten drei Stunden zusammengekauert wie ein kranker Bussard. Die erste Stunde weinte er. Die zweite Stunde lachte er. Die dritte Stunde schwieg er. Zu Beginn der vierten Stunde kippte er vornüber und knallte wie ein nasser Sack herunter und brach sich beide Arme. Auf dem Weg ins Krankenhaus machte er Großvater den Vorschlag, dessen ganzen Whiskeyvorrat sowie die gesamte zukünftige Produktion für vierzig Dollar pro Liter aufzukaufen, falls er das ausschließliche Vertriebsrecht bekäme.

So wurde innerhalb von ein paar Jahren Ol'Death Whisper ein Kultgetränk für gewisse Liebhaber einer speziellen Trance, und Großvater Jake brauchte das Geld auf seinem und Tinys gemeinsamen Konto nicht anzutasten.

Tinys Leidenschaft galt Zäunen. Großvater Jake war überzeugt, Tinys erstaunlich schnelles Wachstum zwischen dem fünften und neunten Lebensjahr beruhe auf der Tatsache, daß der Junge so versessen darauf war, Zäune zu bauen, und sich deshalb mit Willenskraft dazu zwang, groß genug zu werden, um mit den Werkzeugen umgehen zu können. Als er zwölf Jahre alt war, baute Tiny schon Zäune, die jeder vom Fach nur bewundern konnte; und mit zwanzig schuf er so mächtige und doch anmutige Zäune, daß die gleichen Handwerksmeister neidisch werden mußten. Tiny arbeitete mit Steinen, Pfosten, Latten, Brettern und Draht, doch am liebsten war ihm der traditionelle kalifornische Schafszaun: neunzig Zentimeter hoher Maschendraht zwischen Rotholzpfosten gespannt, mit einer einzigen Reihe Stacheldraht darüber. Tiny arbeitete gerne mit Draht, weil er surrte, und nichts gab ihm eine tiefere Befriedigung, als an diesem oberen Stacheldraht zu zupfen und dann zu lauschen, wie es entlang des ganzen

Zaunes summte. Lub Knowland nannte die Zäune »Tinys Gitarren« und behauptete, an einem besonders klaren Tag und bei günstigem Wind habe er ihre unverkennbaren, eigenen Töne beim Angeln am Beeler Lake, in der östlichen Sierra, gehört, gut zweihundert Meilen entfernt. Die meisten Nachbarn hielten diese Behauptung jedoch für eine typische Lub Knowland-Aufschneiderei.

Es überraschte keinen, daß Tiny ausgezeichnete Zäune baute, denn er war von Natur aus gründlich und geduldig. Aber niemand begriff, *warum* er das tat, denn Tiny und sein Großvater hielten überhaupt kein Vieh, und ihre nächsten Nachbarn auch nicht mehr, seit Koyoten die Gebrüder Bollen vor zwei Jahren buchstäblich aus dem Schafgeschäft gefressen hatten.

Großvater Jake sprach Tiny eines Abends nach dem Essen darauf an: »Kann es denn sein, wenn du nichts einzäunen willst, daß du vielleicht irgendwas aussperren möchtest?«

Tiny schüttelte nur den Kopf und murmelte: »Ach was, es sind bloß einfach Zäune. Ich bau eben gern welche.«

Großvater war nahe dran, dazu noch etwas zu sagen, unterließ es aber dann doch und wiederholte nur mit freundlichem Spott: »Bloß einfach Zäune. So ein Quatsch! Das ist gerade so, als ob du sagen würdest, mein Whiskey sei bloß was zum Trinken.«

Dank der verbitterten Wachsamkeit von Emma Gadderly vom Sozialamt mußte Tiny in die Schule gehen. Von der ersten bis zur letzten Klasse bekam er immer ordentliche, befriedigende Noten, machte im Unterricht nur selten den Mund auf, hatte etliche nette Kameraden, aber keine engeren Freunde. Gleich an seinem ersten Tag auf der High School bat der Footballtrainer, der mit seiner Mannschaft ehrgeizige Pläne hegte, Tiny buchstäblich auf den

Knien, sich seinem Team anzuschließen. Tiny sagte, er würde ja gerne mitmachen, aber er müsse nach der Schule sofort heim und an den Ranchzäunen arbeiten. Die gleiche Entschuldigung brachte er gegenüber Sally Ann Charters vor, die ihn für die Vokstanzgruppe gewinnen wollte. Auch als Herbie und Allan, die in den Frühjahrsferien mit dem Auto nach Tijuana gondeln wollten, um dort die Bordelle auszuprobieren, ihn aufforderten mitzukommen, gebrauchte Tiny seine Standardausrede. Auch die Basketball- und Leichtathletiktrainer wimmelte er damit ab.

Tiny war es zufrieden, an seinen Zäunen zu arbeiten. Er plante sie während des Winters, baute sie im Frühling und Sommer und stellte im Herbst die Pfosten aus Rotholz her, denen er mit Richtbeil und Messer solange den letzten Schliff gab, bis man auch aus nächster Entfernung hätte schwören mögen, sie stammten aus der Fertigung eines Sägewerks.

Als Tiny aus der Grundschule kam, hatte er rund um die ganze Ranch einen einfachen Zaun gebaut; die High School-Jahre verbrachte er damit, den Zaun zu reparieren und zu verbessern, Gatter anzulegen und die Angeln, Schließhaken und Riegel dafür selbst zu schmieden. Als er den High School-Abschluß in der Tasche hatte, machte Tiny sich daran, seine Zäune zu perfektionieren. Er bekam zahlreiche Angebote – zwei davon aus Ecken, die mindestens so weit entfernt waren wie Montana –, für einen Spitzenlohn auf anderen Ranches Zäune zu bauen, aber Tiny lehnte jedesmal ab: »Ich würde ja gerne aushelfen, aber ich hab schon zu viel Arbeit auf meiner eigenen Ranch... und außerdem muß ich mich auch noch um meinen Großvater kümmern.«

Tiny und Großvater teilten auch die Leiden, die jede große Leidenschaft unvermeidlicherweise begleiten. Für Großvater war Emmy

Gadderly die Ursache allen Übels, denn sie hatte seine Whiskeybrennerei entdeckt und Sheriff Hobson zugesetzt, er solle etwas dagegen unternehmen. Eingeschworen auf seine friedliche Pflicht, kam Sheriff Hobson auf die Ranch raus und veranlaßte Großvater, die Brennerei anderswo unterzubringen – bis Emmy Gadderly sie erneut aufstöberte. Es war wirklich lästig, ständig mit der Brennerei umzuziehen, und es ging Großvater ernstlich auf die Nerven, wie Emmy Gadderly sich in sein Leben einmischte. Er schloß sie deshalb bei seinen mit Flüchen gespickten Tiraden gegen die Verlogenen und Käuflichen, die Verderbten und Korrupten mit ein und erwähnte ihren Namen in Zusammenhang mit der gleichen zweifelhaften Gesellschaft wie Falschspieler, Biertrinker und eine Handvoll seiner Ex-Ehefrauen.

Tinys Heimsuchung waren die Wildschweine. Durch ihre kräftigen Schnauzen mit den knorpeligen Rüsselscheiben und ihre zielstrebige Gefräßigkeit sind Wildschweine die natürlichen Feinde von Weidezäunen. Sie schieben die Schnauzen unter den Draht, drücken ihn mit mutwilligem Vergnügen hoch und schaffen sich so einen bequemen Durchschlupf für den massigen und gedrungenen Rumpf, und falls das nicht geht, reißen sie das ganze Zeug einfach herunter. Tiny kannte sogar drei Fälle, in denen die Wildschweine glatt den Draht durchgebissen hatten.

Ein Wildschwein im besonderen war sein persönlicher Gegner. Der Keiler wurde Lockjaw genannt, was soviel wie eisern geschlossene Kiefer bedeutet, weil noch nie irgend jemand einen Laut von ihm vernommen hatte. Er war wegen seiner Größe und Zerstörungswut in den Küstenbergen zur Legende geworden. Es wimmelte von Geschichten über ihn, alle der üblichen menschlichen Übertreibung unterworfen, aber selbst wenn man sie auf die Hälfte zusammenstrich, hatte Lockjaw noch immer jeden einzelnen Garten zwischen Humboldt County und der Küste umgewühlt, genug Lämmer gerissen, um die Fleischfabrik im Tal mindestens fünf Jahre lang zu versorgen, genug Felder umgepflügt, daß den Traktoren vor Neid die Motordichtungen platzten, so viele Wildschweine gedeckt, daß sie, Schnauze an Schwanz aufgereiht, durch die ganze Länge des San Andreas-Tals reichten, und er war die ganze Zeit den besten Jägern im nördlichen Kalifornien entwischt. Für Tiny war dieser Keiler die Verkörperung allen Übels. Er hatte nicht nur seinen schönen Weidezaun an ungezählten Stellen kaputtgemacht, sondern auch seinem Hund Boss tödliche Verletzungen beigebracht. Als Teil seiner Zauninstandhaltungsarbeiten hatte Tiny sich angewöhnt, gelegentlich auf Lockjaw Jagd zu machen. Aber Lockjaw war nicht nur stumm, er war auch gerissen, und er wurde noch viel gerissener, nachdem Tiny ihm auf sechzig Meter Entfernung ein Loch in die linke Ohrspitze geschossen hatte. Lockjaw rächte sich, indem er Tinys Zäune zu Kleinholz machte, wann immer er auf dem Weg zu einem seiner Lieblings-Suhlplätze auf der anderen Seite des Bergkammes da durch mußte. Seit mindestens zehn Jahren gab es Scharmützel mit Lockjaw, aber sie flammten zum Krieg auf, als Boss starb. Und das war mit ein Grund, warum Tiny es so eilig hatte, wieder zu seiner Arbeit an den Weidezäunen zurückzukehren, nachdem der letzte der aus Hawaii kommenden Stürme vorübergezogen war, da er den Zaunabschnitt an der nördlichen Grenze der Ranch abmontiert hatte, um ihn völlig neu anzulegen. Da seitdem nun schon beinahe ein halber Monat vergangen war, nahm Lockjaw womöglich noch an, daß er endlich aufgegeben habe.

Das klare Wetter währte bereits fast drei Tage, doch Tiny steckte noch immer in diesem Dame-Marathon mit seinem kranken Großvater, der zwar behauptete, er fühle sich einfach miserabel, in vier Tagen aber nicht einmal geniest oder gehustet hatte, mit dem üblichen Wohlbehagen sein tägliches Quantum Whiskey konsumierte, im allgemeinen so munter ausschaute wie eh und je und inzwischen beinahe übermütig wurde, weil er beim Damespiel allmählich aufholte. Er krähte vor Vergnügen, wenn er Tiny mit Zügen schlug, die der nie zuvor gesehen hatte. Tiny hatte noch nicht einmal etwas von ihnen gehört, geschweige sie denn im Traum für möglich gehalten: Züge wie den Biloxi-Blitz, den Doppelten King-Kong-Daumen-Dreher, den Ol'Switcheroo, der zuverlässig am verheerendsten wirkte – Züge, die so unbegreiflich aberwitzig waren, daß Tiny all sein Talent aufwenden mußte, um sich durch sie besiegen zu lassen.
Am 1. April stieg um zwölf Uhr mittags das entscheidende Spiel, nachdem sie in der Nacht zuvor auf den Stand von vierhundertneunundneunzig zu vierhundertneunundneunzig Siegen gekommen waren. Tiny manövrierte sich brillant in eine Lage, in der er für eine Dame dreimal übersprungen werden konnte. Großvater Jake brauchte zwar noch zwei Züge, bis er das merkte, aber dann nutzte er die Gelegenheit und gewann.
»Ich hab dich mit dem ›Dreifachen Schmiedehammer-Nußknakker‹ erwischt«, krähte Großvater, und Tiny schüttelte bedauernd den Kopf. »Den Zug habe ich das letztemal im Jahr sechsundvierzig oder siebenundvierzig bei einem Spiel gegen Pud Clemens in Newport benutzt. Mach dir nichts draus, Tiny. Anfänglich, als ich von der Lungenentzündung geschwächt war, da hast du wirklich prima gespielt, aber ich hab eben letztlich doch mehr Erfahrung.«

»Das war wirklich ein großartiges Comeback«, stimmte Tiny zu. »Ich wollte bloß, du könntest diese Erkältung auch so leicht besiegen.«

»Ach, mir geht's heute schon besser... nicht erstklassig, aber ganz ordentlich... vielleicht steh ich sogar auf.«

»Was möchtest du denn zum Abendessen?«

»Teufel, wenn ich sowieso aufstehe, kann ich uns auch schnell was zu futtern machen. Zudem muß ich mich auch noch um die Brennerei kümmern, da die Nachfrage größer ist als der Vorrat. Außerdem wird sich, wenn du nicht bald an dem Zaun an der North Fork weitermachst, Lockjaw demnächst unter unserer Veranda suhlen.«

Tiny war im Nu zur Tür hinaus und fort. Als er fünfzehn Minuten später über den Bergkamm kam, erpicht darauf, die letzten hundert Pfostenlöcher zu graben, bot sich ihm ein Anblick, der ihn in Wut brachte: Er hatte den Aushub immer schön ordentlich links neben jedem Pfostenloch aufgehäuft, doch keinen dieser Erdhaufen gab es mehr, sie waren samt und sonders zerstört, zusammengetrampelt oder nicht mehr vorhanden. Noch ehe Tiny die klar erkennbaren großen Spuren auf dem feuchten Untergrund sah, wußte er, daß das nur Lockjaw gewesen sein konnte. Das hier war offenkundig etwas anderes als die Beseitigung eines den Weg versperrenden Hindernisses oder die Verteidigung gegen einen berserkerhaft angreifenden Beagle, der nach der Kehle schnappte – das hier war reine Heimtücke.

Tiny gestattete sich einen ellenlangen Fluch, der seines Großvaters würdig war, und begann dann, die Sache wieder in Ordnung zu bringen. Er merkte bald, daß fast der ganze aufgehäufte Aushub in die Pfostenlöcher zurückgeschoben worden war, und schaufelte ihn emsig wieder heraus. Als er fast am Ende der langen Reihe angelangt war, stach ihn ein Loch ins Auge, das ganz besonders gründlich malträtiert zu sein schien; es sah so aus, als habe Lockjaw daran nicht nur herumgescharrt und gewühlt, sondern sich auch noch darauf herumgewälzt. Tiny schleuderte die Schmutzbatzen von seinen Fingern ab und ging daran, sich die Sache genauer zu besehen.

Rings um das Loch fehlte der Humus bis hinunter zur folgenden Lehmschicht, und die Hieb- und Stichspuren von Wildschweinhauern entlang des Randes waren unverkennbar. Diese Sonderattacke Lockjaws wunderte Tiny etwas, und so inspizierte er das eigentliche Pfostenloch näher. In Sohlennähe fand er, halb begraben und dreiviertel ertrunken, ein frisch geschlüpftes Entenküken, dessen Flaum zu einem einzigen Knäuel aus schlammiger Schmiere verklebt war.

Tiny war baff. Auf ihrer Ranch und denen der Nachbarn gab es seines Wissens keine Enten, und Tiny hatte noch nie etwas von Enten gehört, die auf kahlen Bergkämmen nisten. In seiner linken Hand trug er das Entchen wie in einer Hängematte nach Hause, um zu hören, was sein Großvater dazu meinte.

»Was zum Teufel ist denn das!« schrie Großvater, als Tiny das schlammverkrustete Etwas auf den Küchentisch legte, wo Jake gerade seine vierte Tasse Kaffee trank und in einem alten Almanach las.

»Ein Entenküken, nehme ich an«, sagte Tiny und berichtete, wo und wie er es gefunden hatte, während Großvater das Tierchen untersuchte. Er beugte sich dicht darüber, berührte es mit einem knotigen Zeigefinger und brummelte vor sich hin: »Viel Leben ist da nicht mehr, bis auf die paar wackeligen Schnaufer.« Er schaute

zu Tiny auf. »Bist du ganz sicher, daß das wirklich Lockjaw war?«
»Natürlich«, nickte Tiny. »Die Spuren im Lehm waren eindeutig... es sei denn, dir ist noch ein anderes Wildschwein bekannt, dessen Klauen solche riesigen und fingertiefen Abdrücke hinterlassen.«
»Und das Pfostenloch, in dem du das Küken gefunden hast, glich einer aufgewühlten Kraterlandschaft?«
»Das kann man wohl sagen.«
Großvater wackelte mit dem Kopf. »Also, verdammt, ich glaube, der alte Lockjaw hat die ganze Nacht über versucht, das arme Ding aufzufressen.« Er kicherte entzückt. »Das muß ihn verrückt gemacht haben: so ein zarter, kleiner Happen direkt vor dem Rüssel, und er kam nicht dran.«
Tiny grinste. »Ich seh ihn förmlich vor mir, wie er seine Schnauze in das Pfostenloch gerammt und gegrunzt und gesabbert hat.«
»Für diesen traurigen kleinen Bastard war das wahrscheinlich nicht so spaßig.« Großvater deutete auf das schlammverschmierte Küken, das ausgestreckt auf dem rotweiß karierten Wachstuch lag. »Das muß so ähnlich gewesen sein, wie wenn unsereiner von der verkehrten Seite in einen Flintenlauf schauen muß.«
Das Entenküken bewegte sich schwach, als ob es sich daran erinnern würde. Großvater beugte sich schnell zu ihm runter, hielt das Ohr an seine Brust und lauschte gespannt. Dann fuhr er hoch und stieß aus: »Heiliger Strohsack, das Herz macht's gleich nicht mehr. Tiny, hol rasch den Whiskey, hier tut Erste Hilfe not.«
Während Tiny einen Krug von Großvaters Bestem herbeischaffte, besorgte sich der alte Mann die Pipette aus einem Fläschchen Nasentropfen. Tiny stellte den Krug auf den Tisch, schraubte ihn auf und wich ein wenig vor dem Geruch zurück. Großvater saugte die Pipette mit Ol'Death Whisper voll, zwängte dem Entenküken

den Schnabel auf und drückte dann entschlossen auf den kleinen Gummiball.
Die Wirkung trat unverzüglich ein: dem Küken quollen schier die Augen aus dem Kopf, und es begann, auf dem Tisch herumzutorkeln und wild zu piepsen.
»Also, das Herz pumpt jedenfalls wieder ordentlich.« Großvater strahlte. »Jetzt müssen wir das Dingelchen abwaschen, damit wir sehen, wie es wirklich ausschaut.«
Eine Stunde später watschelte das Entenküken trocken und flaumig auf dem Küchentisch herum, wedelte mit seinen Flügelstummeln und piepste zufrieden. Großvater und Tiny sahen ihm vergnügt zu.
»Was meinst du denn, wie es wohl in das Pfostenloch geraten sein mag?« fragte Tiny.
»Verdammt keine Ahnung... Ich hab nicht einmal eine interessante Theorie anzubieten.«
»Ich kann es mir einfach nicht erklären«, meinte Tiny.
»So was soll es öfters geben«, brummte Großvater vor sich hin. Dann fügte er deutlicher und zu Tiny gewandt hinzu: »Sollen wir ihn oder sie – je nachdem – behalten?«
»Natürlich, zumindest bis es völlig über den Berg ist.«
»Ach Quatsch, der Kerl schaut doch schon jetzt ganz gesund und putzmunter aus, so wie er da auf dem Tisch herumspaziert.«
»Ich meine, bis er groß genug ist, daß er allein über die Runden kommt.«
»Na gut, aber dann sollten wir ihm einen Namen verpassen, damit er weiß, von wem wir reden.«
Tiny lächelte. »Ich hab mir schon einen guten ausgedacht.« Er machte eine wirkungsvolle Pause. »Wie wäre es denn mit

›Posthole‹, schließlich stammt er ja auch aus einem Pfostenloch.«
»Das finde ich nicht schlecht«, pflichtete Großvater bei. »Aber ich weiß noch einen besseren: Fup.«
»Fup?« wiederholte Tiny verständnislos.
Großvater grinste ihn mit allen fünf Zähnen anzüglich an. »Bei Fup kann man sich so schön alles mögliche denken, Ferkeleien vor allem.«
»Fup ist ein gräßlicher Name«, ächzte Tiny.
Gräßlich oder nicht, trotz Tinys Widerstand bekam das Entenküken den Namen Fup, eine Entscheidung, die durch die Pokerrunde am nächsten Samstag Abend gefällt wurde, weil sie ihn aufgriff und somit einbürgerte. Die Pokerspieler – Ed Bollpeen und sein Sohn Ike; Lub Knowland; die Brüder Stranton, Happy und Pee Wee; und Lonnie Howard – lachten über Großvaters verschrobenen Witz mit dem Namen, denn da mußte tatsächlich irgend etwas irgendwo vermurkst worden sein. Die ursprüngliche Herkunft eines Entenkükens konnte nur ein Ei sein, und sie glaubten auch noch, daß Tiny es wirklich auf der North Fork Ridge in einem Pfostenloch gefunden hatte. Aber niemand konnte sich erklären, wie das Küken aus dem Ei da hineingeraten war.
»Vielleicht hat seine Mama Fup fallen gelassen, als sie mit ihm durch den Sturm geflogen ist«, meinte Lonnie Howard und fächerte seine zusammengeschobenen Karten nochmals auf, um einen Blick darauf zu werfen.
»Du ignoranter Holzkopf«, bellte Großvater höhnisch. »Enten fliegen nicht mit ihren Jungen unterm Flügel rum. Das geht genauso wenig wie gleichzeitig pinkeln und... na ja, du weißt schon.«
»Also, wie ist die dann da reingeraten, du alter Klugscheißer?« schoß Lonnie Howard zurück.

»Ich bin nicht neunundneunzig Jahre alt geworden mit dummen Spekulationen«, antwortete Großvater. »Es ist schon schwierig genug, die richtigen Sachen vom Schwachsinn auseinander zu halten, und man muß das ganze Durcheinander nicht noch schlimmer machen und was wissen wollen, was man eben niemals wissen kann.«

»Aber du hast uns noch immer nicht gesagt, was *du* weißt«, sagte Lub Knowland. »Und das ist bestimmt kein Schwachsinn, wenn's um Enten geht.«

Großvater nahm den Stapel Geld, der vor ihm lag, und schob ihn in die Tischmitte: »Ich wette mit euch um den gesamten Betrag, daß ihr nicht mal wißt, was für eine Ente das ist.« Er deutete mit zitterigem Finger auf Fup, der in einem Pappkarton unter dem Ofen schlief.

»Na, du weißt es vermutlich«, sagte Lub Knowland zweifelnd. »Aber meiner Meinung nach ist es noch ein bißchen früh, um das festzustellen.«

»Das finde ich auch«, fügte Ed Bollpeen sanft hinzu. »Entenküken schauen alle ziemlich gleich aus, bis sie die ersten Federn kriegen.«

Das war der Auftakt, und am Schluß deponierte ein jeder mit Ausnahme von Tiny und Happy hundert Dollar und seinen Tip in einem Topf. Derjenige, der Geschlecht und Artzugehörigkeit richtig vorausgesagt hatte, sollte das ganze Geld erhalten. Meinungsverschiedenheiten darüber sollten von John Coombes, dem Tierarzt, geschlichtet werden.

Doch dazu kam es nicht. Zwei Monate später stand eindeutig fest, daß Fup eine weibliche Stockente war. Großvater Jake strich das Geld mit scheppperndem, schadenfrohen und zufriedenem Lachen ein.

Fup

Es zeigte sich gleich in den ersten paar Wochen ihrer Rekonvaleszenz, daß Fup eine ungewöhnliche und eigenwillige Ente war. Sie weigerte sich, im Haus zu fressen. Wenn sie mußte, watschelte sie aufgeregt piepsend zur Tür und schlug mit dem Schnabel dagegen wie ein mißratener Specht, bis einer von den beiden sie hinaus ließ.

Fups gewaltiger Appetit machte vor nichts halt. Egal ob Pfannkuchen, Käse, Getreideschrot, Wildfleisch, Zwiebelschalen oder sonst irgend etwas – Fup verschlang alles. Und so wie sie fraß, wuchs sie. Nach vier Monaten wog sie fast achtzehn Pfund. Großvater Jake, der eine Schwäche für Maßlosigkeiten aller Art hatte, war davon so beeindruckt, daß er die Nachbarn einlud, um sich das anzuschauen.

»Das gibt's doch nicht«, murmelte Willis Hornsby, als er zusah, wie Fup ein Pfund Wurst verdrückte und sich dann unverzüglich über eine Kaffeedose voll Graupen hermachte.

»Ihr Schnabel ist in Ordnung, was?« Großvater strahlte. »Sie putzt das Zeug weg wie ein Staubsauger.«

Willis schüttelte den Kopf. »So was von Ente hab ich noch nie gesehen.«

»Wir hätten sie Elektrolux nennen sollen«, meinte Großvater. »Oder noch besser, Dolly P.«

»Dolly P.?« fragte Willis. »Das klingt wie der Name von einem Fischerboot.«

»Kein Boot. Dolly Pringle. Eine große Rothaarige, mit der ich in Coos Bay mal was hatte. Eine Frau mit unglaublichen Talenten. Sie konnte einen Golfball durch acht Meter Gartenschlauch ransaugen. Du wirst es nicht glauben, aber ich hab mal eine Tausend-Dollar-Wette gegen Big Dave Stevens gewonnen. Wir sind mit Dolly auf einen Parkplatz gegangen, und sie hat in vierzehn Minuten und zweiunddreißig Sekunden den gesamten Chrom von einer Anhängerkupplung runtergesaugt.« Großvater seufzte voll hoffnungsloser Zärtlichkeit: »Wenn ich bloß an das Mädchen denke, zuckt es in meiner Hose.«

»Dann paß bloß auf, daß diese Ente das nicht merkt«, empfahl Willis mit einem Blick auf Fup, die gerade die letzten Gerstenkrümel verputzte.

Die Warnung war nicht ganz unberechtigt, denn Fup hatte sich im Lauf der Zeit als genauso hitzig wie gefräßig entpuppt. Zu Anfang, als sie noch in Gramm gewogen werden konnte, hatte sie sich einmal auf die Veranda hinausgewagt, um Großvater beim Whiskey Gesellschaft zu leisten, doch Buster, als Hund ansonsten ein eher ruhiger und verpennter Zeitgenosse, verbellte sie unter der kaputten grünen Couch, wo Fup sich vor ihm in Sicherheit gebracht hatte. Großvater gab ihm mächtig ein paar auf den Deckel, bis Buster nachgab, sich wieder auf die Veranda trollte und in den Schlaf wimmerte. Im selben Augenblick sauste Fup mit einem einzigen Kamikaze-*Pieieieieieieiep* aus ihrem Versteck hervor, schlug ihren Schnabel wie eine Zange in Busters Hoden und ließ auch nicht los, als der Hund sich heulend im Kreis drehte und dabei nach der halben Portion von Ente schnappte, die an seinem Sack baumelte. Großvater lag buchstäblich vor Lachen auf dem Boden und mußte auf allen vieren auf den Hof

hinauskriechen und mit dem Kopf gegen die Erde schlagen, um damit aufhören zu können.

Neben ihrem Appetit und ihrem Temperament zeichnete Fup sich auch durch ihren Gang und ihre Sprache aus. Ihr Gang war lächerlich graziös, ein buckliges, wackeliges Watscheln, das aussah, als ob es sich kaum durchhalten ließe, ein Torkeln, das ständig und notdürftig durch ihren ausgestreckten Hals ausbalanciert werden mußte, wobei der Kopf hin- und herschwankte wie der einer Kobra vor der Flöte des Schlangenbeschwörers, eine Bewegung irgendwo zwischen ungeschicktem Schleichen und hypnotisiertem Suchen. Fup war unbeholfen, aber auf mühelose Weise; sie bewegte sich in gleichmäßigem Schlingern fort. Masse verursacht Bewegung, aber Fups leuchtend orangefarbene Schwimmfüße waren nicht für eine derartige Geschwindigkeit gebaut, und obwohl sie sich sicher fortbewegte, wirkte sie dabei stets gefährdet durch den betrüblichen Widerspruch zwischen Anatomie und Terrain. Außerdem zeigte Fup absolut keinerlei Neigung, zu fliegen.

Ihre Sprache war einfacher, wenn man unter Sprache eine körperliche oder lautliche Reaktion auf die Umgebung versteht. Ihr Vokabular war klein, aber ausdrucksvoll. Ein Quak hieß soviel wie: Okay, von mir aus; zwei Quaks bedeuteten Billigung; drei Quaks aufrichtige Zustimmung; vier Quaks und mehr, schnell und aufgeregt ausgestoßen – Quak-Quak-Quak-Quak-Quak-QUAK! –, signalisierten restloses und freudiges Einverständnis. Wenn Fup den Schnabel aufsperrte, ohne einen Laut von sich zu geben, eine Geste irgendwo zwischen gelangweiltem Gähnen und einem Ansatz zum Rülpsen, war das ein Zeichen eindeutiger Ablehnung; wenn sie dabei auch noch den Kopf senkte, die Flügel leicht ausbreitete und leise zischte, dann zeigte das eine grundlegende Meinungsverschiedenheit und einen bevorstehenden Angriff an. Steckte Fup den Kopf unter den Flügel, dann war man mitsamt seinem indiskutablen Vorschlag und dem ganzen Rest der unerfreulichen Welt vorläufig entlassen.

Fup demonstrierte von Anfang an ein ausgeprägtes Gefühl für Ausgeglichenheit und Ordnung im täglichen Leben des Haushaltes. Sie schlief auf einem großen Schaumgummikissen im Flur, genau in der Mitte zwischen Tinys und Großvaters Zimmern. Fup weckte Tiny immer genau eine Stunde vor Sonnenaufgang, indem sie auf seiner Brust auf und ab hopste. Als Morgenimbiß fraß sie vorab eine Schüssel Mais, während Tiny das eigentliche Frühstück, bestehend aus gebratener Wurst, Spiegeleiern und Pfannkuchen, zubereitete, das sie dann christlich miteinander teilten. Fup fraß draußen auf der Veranda, und bei warmem Wetter setzte sich auch Tiny da hinaus. Nach dem Frühstück, bei Tagesanbruch, machten sie sich auf den Weg zur Arbeit an den Zäunen. Fup schaute zu, wie Tiny arbeitete, und gab hin und wieder einen gequakten Kommentar dazu ab. Manchmal half Fup auch mit, prüfte mit zusammengekniffenem Auge den senkrechten Stand eines Pfostens, zupfte an einem Draht, ob er auch straff gespannt war, oder hielt gelegentlich das Ende des Meßbandes fest, aber meistens lungerte sie nur einfach so herum, fing hier und da ein Insekt und ruhte sich ansonsten aus. Wenn Tiny Pfostenlöcher grub, steckte sie den Kopf unter den Flügel.

Genau zwischen Sonnenaufgang und Mittag machten sie eine halbe Stunde Pause, tranken Tee und aßen Sandwiches, die Tiny schon am Abend zuvor hergerichtet hatte. Anschließend wurde bis zum Mittag weitergearbeitet, und dann ging es heim zum

Essen. Tiny fing an zu kochen, und Fup weckte Großvater, indem sie an seinen Zehen knabberte. Nach dem Mittagessen kehrte Tiny wieder zu seiner Arbeit an den Zäunen zurück, während Großvater und Fup sich auf der Veranda niederließen, ein bißchen Ol'Death Whisper zu sich nahmen, vor sich hinschwiegen und über den Lauf der Welt meditierten. Fup trank den Whiskey aus einer flachen Untertasse, Jake direkt aus dem Krug. Es freute Großvater ungemein, daß sowohl Tiny als auch Fup seinen Whiskey schätzten. Großvater wußte, daß Tiny ihn trank, um der Schlaflosigkeit zu begegnen und die Träume zu vertreiben. Er war auch überzeugt, daß die Pipette voll Ol'Death Whisper Fup das Leben gerettet hatte, und war sich sicher, daß sie nun den Whiskey in Würdigung seiner lebenspendenden Kraft weiter trank. Fup nahm ungefähr drei Eßlöffel Whiskey pro Tag zu sich, und selten mehr als fünf, wenn es nicht gerade ausgesprochen kalt und nebelig war. Ihre einzige sichtbare Reaktion auf den Whiskey bestand darin, daß sie Großvater mit dem Schnabel ans Schienbein stieß, wenn sie noch mehr haben wollte.
Etwa eine Stunde vor der Abenddämmerung stand Großvater Jake auf, reckte und räkelte sich und ging ins Haus, um das Abendessen zu richten, und Fup watschelte zu ihrem Teich und schwamm – manchmal schweigend, manchmal leise vor sich hin quakend – graziös durch den Sonnenuntergang. Diesen Teich hatte Großvater gleich im ersten Monat für Fup anlegen lassen. Er war etwa von der gleichen Größenordnung wie Tinys Sandkasten. Laut Pee Wee Scranton, der ihn ausgebaggert hatte, war der Teich eher ein kleiner See und groß genug, um fast dem ganzen Viehbestand zwischen Santa Cruz und Petaluma als Tränke zu dienen. Eine Zeitlang hatten Tiny und Großvater abends nach dem Essen

versucht, Fup das Damespielen beizubringen, es aber dann nach ein paar Monaten wieder sein lassen, nicht etwa, weil Fup das Wesen des Spiels und seine Nuancen nicht verstanden hätte, sondern weil sie es einfach nicht leiden konnte, wenn man *ihr* einen Stein wegnahm. Sie freute sich, wenn sie Großvater oder Tiny einen Stein wegnehmen durfte, hob ihn mit dem Schnabel auf und warf ihn auf den Boden. Wenn allerdings Großvater oder Tiny einen von ihren Steinen übersprangen, dann sprang Fup auch – und zwar auf dem Damebrett auf und ab, stampfte wild mit ihren Schwimmfüßen herum, schleuderte sämtliche Steine herunter, und das Spiel war im Eimer. Nach einer Weile gaben sie es alle drei auf.

Die einzigen Durchbrechungen des gewohnheitsmäßigen Tagesablaufes beruhten auf einer gemeinsamen Übereinkunft. Die beiden wichtigsten waren der Kinobesuch Freitag abends und die Wildschweinjagd am Sonntagmorgen.

Alle drei gingen sie gerne ins Kino. Das nächste Filmtheater – eine würdevolle Bezeichnung, die nur nicht der Wirklichkeit entsprach –, das Rancho Deluxe-Autokino, lag bei Graton, ungefähr zwei Fahrstunden entfernt. Fup pflegte im Auto auf der Rückenlehne zwischen den beiden zu sitzen; Tiny fuhr, und Großvater redete ihm dabei dauernd drein.

Als sie Fup zum ersten Mal mitnahmen, linste die pummelige Rothaarige an der Kasse in den Wagen hinein, ließ ihren Kaugummi knallen und fragte: »Was iss'n das?«

»Eine Ente... eine weibliche Stockente«, antwortete Tiny. »Und mein Großvater.«

»Das ist die verdammt größte Ente, die ich je gesehen habe.«

»Ja, natürlich... und es macht uns auch nichts aus, wenn wir für

sie extra bezahlen müssen, obwohl auf dem Schild da draußen steht, daß pro Wagen pauschal zwei Dollar zu entrichten sind.«
Fup senkte den Kopf und zischte rülpsend.
»Nein, nein, die Ente kostet nicht extra was. Fahren Sie ruhig rein. Ich werd bloß dem Geschäftsführer Bescheid geben, und falls es da irgendein Problem mit den Vorschriften oder dergleichen gibt, dann wird er's Ihnen schon mitteilen.«
Großvater beugte sich über Tinys Sitz. »Wenn's da *ein* Problem gibt, dann gibt's zwei Probleme. Kapiert?«
Das Mädchen seufzte und ließ erneut ihren Kaugummi knallen. »Das hab ich mir schon gedacht.«
Der Geschäftsführer, ein kleiner, säuerlicher Mensch mit Westenanzug und bleistiftdünnem Schnurrbart, der beinahe wie ein Mauseschwanz ausschaute, sah Tiny hinter dem Lenkrad aufragen und machte den Fehler, statt dessen lieber auf Großvaters Wagenseite zu gehen.
Während Großvater das Fenster herunterkurbelte, überzeugte sich der Geschäftsführer mit einem Blick von Fups tatsächlicher Anwesenheit und fragte empört: »Was hat diese Ente in meinem Kino verloren?«
»Sie möchte sich den Film anschauen«, antwortete Tiny liebenswürdig und kam damit seinem Großvater zuvor, der schon anfing, vor Wut zu schäumen.
»Wir wollen hier nichts, was irgendwie aus dem Rahmen fällt. Keine Extratouren und so«, erklärte der Geschäftsführer förmlich, ohne jedoch Fup direkt zu erwähnen.
»Also, *das* Rezept macht *Ihr* Leben ganz schön scheißlangweilig, was?« platzte Großvater heraus. »Das hier ist zufällig eine Kung Fu-Kampfente, eine Spezialzüchtung der Tong-Gesellschaft. Wir

würden sie ja daheim lassen, aber sie bringt uns immer alle Koyoten um.«
»Das stimmt nicht ganz«, sagte Tiny schnell. »Wir haben sie in einem Pfostenloch gefunden und großgezogen. Sie gehört sozusagen zur Familie.«
»Hören Sie mal«, fing der Geschäftsführer an und hob die Hände in einer Mischung aus Verärgerung und Resignation. »Ich laß ja mit mir reden, aber...«
»Ich nicht«, knurrte Großvater und knirschte mit seinen zwei Zähnen, mit denen das noch ging. »Wenn Sie jetzt nicht verschwinden und uns in Ruhe lassen, damit wir was von unserem Abend in diesem Scheißhaus von einem Auto-Kino haben, dann kommen wir morgen wieder, die ganze Ladefläche voll Wildschweine und dazu ein paar Tröge voll fermentiertem Mais-Maische, und wenn Sie dann noch immer nicht gescheit werden, dann kommen wir übermorgen noch mal, und mein Sohn Tiny reißt Ihnen die Arme aus und klopft Ihnen damit auf den Schädel, bis Sie's endlich kapiert haben.«
»So was würde ich aber nur tun, wenn ich richtig wütend wär«, versicherte Tiny dem Mann.
Fup steckte ihren Kopf unter den Flügel.
»Ich laß mich nicht bedrohen«, schrie der Geschäftsführer schrill.
»Sie werden nicht bedroht, bloß verprügelt«, versprach Großvater. Dann fügte er, zwar noch immer scharf, aber doch irgendwie sanfter hinzu: »Eine Ente. Eine Ente! Das kann Ihrem verkrüppelten Herzen und dem Rest der Welt doch scheißegal sein, ob sie hier sitzt oder nicht? Was für einen verdammten Unterschied macht das?«
»Okay, okay«, gab der Geschäftsführer nach und wich zurück.

»Aber sie muß im Auto bleiben. Doch wenn es irgendwelche Beschwerden gibt, fliegen Sie ohne Rückerstattung Ihres Geldes raus.«

Von da an gab es nie wieder Schwierigkeiten im Auto-Kino. Tiny und Großvater hatten beide eine Schwäche für Western, vor allem für solche, in denen es um die Auseinandersetzung eines aufrechten Gesetzeshüters mit irgendwelchen Revolverhelden ging. Großvater, der um diese Tageszeit seinem zweiten Krug Whiskey meistens schon ziemlich kräftig zugesprochen hatte, war grundsätzlich auf der Seite der Bösewichte und ihren finsteren Machenschaften. Er lehnte sich oft aus dem Autofenster und schrie Ratschläge zur Leinwand hinauf: »Nein, nein, so doch nicht, du Trottel... nicht mitten auf der Straße... lauer dem Hundesohn hinter dem Wassertrog auf!« Allerdings hatte Großvater etwas gegen den Hang der Gesetzlosen einzuwenden, lediglich mit dem Revolver zu kämpfen. »Verdammt, warum müssen die Armleuchter immer bloß ihre Colts benutzen? Aus mehr als zehn Schritt Entfernung treffen sie damit doch keinen Pferdeapfel mehr. In so einer Situation braucht man ein Schrotgewehr mit abgesägtem Lauf und ein paar ordentliche Dynamitstäbe. Kein Wunder, daß diese Idioten nie gewinnen!«

Tiny ergriff im stillen Partei für den Marshall.

Fup machte sich im allgemeinen nichts aus Western, nur manchmal quakte sie bei einzelnen Szenen plötzlich aufgeregt und ohne ersichtlichen Grund los. Tiny und Großvater brauchten beinahe fünf Monate, bis sie dahinterkamen, daß alle diese Szenen eines gemeinsam hatten: Pferde. Nach eingehenden Beratungen beschlossen sie, im kommenden Frühjahr, wenn Bill Lelands Stute wieder fohlen würde, das Füllen für Fup zu kaufen, damit sie

Gesellschaft habe. Als sie an jenem Abend aus dem Kino heimkamen, skizzierte Tiny sofort den Entwurf eines hohen Zaunes für eine Pferdekoppel.
Fup schwärmte für Liebesfilme, ganz egal, ob sie leicht und witzig oder mörderisch tragisch waren. Von ihrem Sitz auf der Oberkante der Rückenlehne aus beobachtete sie alles aufmerksam, legte manchmal den Kopf auf die Seite und quakte voll Mitgefühl über all die Probleme, mit denen die Liebenden zu kämpfen hatten. Großvaters höhnische und meistens obszöne Bemerkungen dazu duldete Fup nicht, und nachdem sie ihm ein paarmal schier ein Ohr abgerissen hatte, gab er sie auch nur noch leise murmelnd von sich. Tiny schaute sich solche Filme ohne jeden Kommentar an.
Großvater Jake mochte Horror-Filme fast genauso gerne wie Western. Er fand sie irre komisch. Tiny und Fup konnten sie überhaupt nicht ausstehen. Tiny machte in kritischen Momenten immer die Augen zu. Fup wackelte auf der Rückenlehne hin und her, zischte manchmal das Ungeheuer an oder quakte verzweifelt, um ein ahnungsloses Opfer zu warnen, das arglos eine radioaktive Höhle erkundete oder in einem Labor herumschlenderte und auf alle Knöpfe drückte, während draußen Blitze die Nacht zerrissen.
In Anbetracht des verschiedenen Geschmacks der drei war es ein Glück, daß im Rancho Deluxe-Autokino immer zwei Filme hintereinander gespielt wurden. In der Pause zwischen den beiden Streifen ging Tiny über den welligen Asphalt zum Kiosk und holte etwas zum Essen. In der Regel brachte er immer das gleiche mit: zwei Sandwiches mit Roastbeef, die Großvater mit seinen fünf Zähnen bearbeiten konnte, acht Beutel gesalzene Erdnüsse und

zwei große Dosen Malzbier für sich selbst, und für Fup die Familienpackung mit gebuttertem Popcorn zu zwei Dollar neunundneunzig und eine große Orangenlimonade. Wenn der zweite Film gestartet wurde, schmatzten sie zu dritt um die Wette.

Der Besuch des Auto-Kinos war ein reines Vergnügen, die sonntägliche Wildschweinjagd hingegen hatte mehr den Charakter ernsthafter Arbeit, zumindest was Tiny und Fup anbelangte. Weil sie im Morgengrauen aufbrachen, schloß Großvater sich ihnen nicht an, denn er sah keinen Grund, sich selbst um Schlaf und Träume zu bringen. Dafür aber wartete er mit guten Ratschlägen auf.

Unter den Nachbarn gab es erhebliche Meinungsverschiedenheiten darüber, ob Fup wirklich eine Wildschwein-Ente in dem Sinne war, wie Boss ein Wildschwein-Hund gewesen war. Wenn sie schlangenhalsig daherwatschelte, den Schnabel dicht über dem Boden wie ein Bluthund die Nase, dann sah es wirklich so aus, als verfolgte sie eine Fährte. Sie stöberte zwar nicht allzu viele Wildschweine auf, aber – ob Zufall oder nicht – doch genügend, um den Eindruck zu erwecken, als verstünde sie das Geschäft. Für Tiny, der ihr stets mit der Büchse unterm Arm folgte, gab es da keinerlei Zweifel. Wenn Fup auf eine Spur stieß, fing sie an, leise vor sich hin zu quaken, und je frischer die Spur wurde, desto lauter wurde ihr Quaken. Für Tiny war das der Beweis, daß Fup in der Tat eine Fährte verfolgte und nicht herumschnuppernd durch die Gegend watschelte, obwohl ihm niemand außer Großvater dies abnahm. Darüber hinaus war Tiny davon überzeugt, daß Fups Geruchssinn so fein entwickelt war, daß sie jedes Wildschwein, an dem ihr gelegen war, aufstöbern konnte. Aber Fup war speziell hinter einem Wildschwein her: Lockjaw. Es gelang ihr allerdings nicht, den stummen Keiler aufzuspüren. Bei den wenigen Wildschweinen, bei denen sie das tat, handelte es sich nach Tinys Meinung um direkte Nachkommen Lockjaws, die eine ähnliche Witterung hinterließen wie ihr Erzeuger. Natürlich konnte Tiny das nicht beweisen, und das ärgerte ihn. Großvater meinte, es sei nicht nötig, das zu beweisen, denn die meisten Dinge sprächen für sich selbst, nur solle er nicht als selbstverständlich voraussetzen, daß die Schlußfolgerungen, die er daraus zog, auch die richtigen wären. Die wahren Hintergründe seien komplizierter Natur, warnte Großvater.

Im Verlauf von zweiunddreißig Jagd-Sonntagen stießen sie ganze zwei Mal auf Lockjaw. Beim ersten Mal scheuchte Fups wildes Quaken Lockjaw zu früh auf, und Tiny reichte die Zeit nur für einen einzigen Schuß aus etwa achtzig Meter Entfernung. Der Gewehrknall verhallte, und Lockjaw kullerte den Hang hinunter. Doch als Tiny und Fup sich bis zu jener Stelle durchgearbeitet hatten, fanden sie dort weder einen erlegten Lockjaw noch Blutspuren vor. Fup nahm sofort die Fährte auf und verfolgte sie, bis sie am Ufer des McKensie Creek im Wasser endete. Bis weit über Mittag suchten Tiny und Fup flußaufwärts und abwärts beide Uferseiten erfolglos ab. Fup war anschließend so erschöpft, daß Tiny sie nach Hause tragen mußte.

Bei der zweiten Begegnung entdeckte Lockjaw sie zuerst, kehrte in einem großen Bogen auf seine alte Spur zurück, legte sich in einem Dickicht auf die Lauer und griff an, als Tiny und Fup dort vorbeikamen. Er ging mit seinen Hauern auf Tinys Beine los, verfehlte sie nur knapp, brachte aber mit der Wucht seines Körpers Tiny zu Fall, rannte Fup buchstäblich über den Haufen und

quetschte ihr dabei einen Fuß so schlimm, daß Tiny sie wiederum heimtragen mußte. Tiny hatte Lockjaw kurz, aber deutlich gesehen, ehe er auf dem Hosenboden landete, und er versicherte Fup auf dem Heimweg, daß Lockjaw es auch nicht ewig machen würde, schon etwas langsamer zu sein schien als früher, ein bißchen magerer ausschaute, scheinbar nur noch einen Hauer und ganz eindeutig zwei gleichgroße Kugellöcher in den Ohren hatte. Großvater empfing sie unter der Küchentür. »Du brauchst mir gar nicht erst zu erzählen, daß ihr den Keiler gesehn habt. Das weiß ich auch so.«

»Wieso bist du dir da so sicher?« fragte Tiny.

»Weil du Fup jedesmal heimtragen mußt, wenn das der Fall war.«

Fup zischte.

Tiny runzelte die Brauen, dann lächelte er.

Großvater lachte schadenfroh.

Lockjaw, müde von der Anstrengung, lief am Fluß entlang zu einem Dickicht, das aus einem wirren Durcheinander aus ausgegrabenen Rotholz-Wurzelstöcken bestand, wo er an heißen Nachmittagen gerne schlief. Unterwegs gab er ein paar tiefe Grunzer der Zufriedenheit von sich. An jedem siebten Tag von einer seltsamen Riesenente und einem Riesenburschen verfolgt zu werden war zwar lästig, aber nicht besonders gefährlich. Aber natürlich ist für einen Unsterblichen nichts wirklich gefährlich, wie Großvater Jake dies ausdrücken würde. Wie der Name schon sagt, überlebt er auf die eine oder andere Weise.

Das zweite Herz

Obwohl er nie ein Wort darüber verlor und sein Bedürfnis nach Schlaf und süßen Träumen als Ausrede benutzte, um nicht mitzugehen, behagte Großvater Jake diese sonntägliche Wildschweinjagd nicht – sie gefiel ihm schlichtweg überhaupt nicht. Es beunruhigte ihn, daß Tiny allmählich von der Idee ganz besessen wurde, Lockjaw zu töten. Jagen war eine Sache, töten eine andere, und jede Form von Besessenheit war, nach Großvaters Erfahrungen, äußerst gefährlich. Konnte man nicht von ihr lassen, war der Anfang eines neuen Lebens unmöglich, und nur sehr wenige Leute konnten sich selbst von ihren fixen Ideen befreien. Deshalb bedrückte ihn auch dieses aufgeregte Glitzern in Tinys Augen so, dem nicht abzuhelfen war. Er war froh, daß Fup Tiny auf die Jagd begleitete, denn trotz ihres Eifers war sie langsam und schaffte nur ungefähr ein Achtel der Wegstrecke, die Tiny allein oder mit einem Hund zurückgelegt hätte. Im Grunde seines Herzens wollte Großvater nicht, daß Lockjaw zur Strecke gebracht wurde. Er glaubte fest daran, daß Lockjaw die Reinkarnation seines alten Freundes Johnny Seven Moons war. Daß er dies tat, überraschte ihn selbst immer wieder, denn im allgemeinen hielt er Seelenwanderung und dergleichen für absoluten Blödsinn.
Johnny Seven Moons war außer Großvater der einzige Mensch, der jemals einen Schluck Ol'Death Whisper getrunken hatte, ohne zusammenzuzucken. Großvater hatte ihn kennengelernt, kurz nachdem er das Herumziehen und Kartenspielen zugunsten

des seßhaften, stillen Lebens aufgegeben hatte. Er saß gerade auf der Veranda und probierte seine fünfte Ladung Whiskey aus, die er gebrannt hatte, als im Hof ein alter Indianer erschien, der einen zerdrückten Cowboyhut und einen schwarzen Poncho trug. Obwohl er ihn nie zuvor gesehen hatte, erkannte Großvater ihn auf Grund der Geschichten, die über ihn kursierten. Es war Johnny Seven Moons, ein alter Pomo-Indianer, der in den Bergen an der Küste herumwanderte und offenkundig weder ein Zuhause noch ein Einkommen besaß. Wie es hieß, war Johnny Seven Moons Medizinmann gewesen, ehe der Druck der weißen Zivilisation die Stammessitten zerstörte. Weit und breit verdächtigte man Johnny Seven Moons, an Weidezäunen und landwirtschaftlichen Maschinen Sabotageakte zu verüben, und er war nirgendwo in der Gegend willkommen. Trotzdem sprach man immer mit eigentümlichem Respekt von ihm. Er selbst war immer höflich und friedlich, und mit seiner Vergangenheit als Schamane verbanden sich Gerüchte über besondere Kräfte – und so ein undefinierbares Gefühl.

Auch Großvater verspürte es, noch bevor Johnny Seven Moons die Veranda erreichte und fragte, ob es irgendwelche Gelegenheitsarbeiten gäbe, für die er etwas zu trinken bekommen würde, vorzugsweise Whiskey. Sie saßen drei Tage und zwei Nächte lang zusammen auf der Veranda und tranken Whiskey. Großvater Jake stellte fest, daß Johnny Seven Moons ein ausgezeichneter Gefährte war, denn er sprach während der ganzen Zeit kein einziges Wort – er saß bloß da, nippte hin und wieder an seinem Whiskeykrug, betrachtete gelassen und still den Tag, die Nacht.

Am dritten Abend holte er tief Atem und wandte sich an Großvater Jake: »Ich will dir erzählen, was es mit meinem Namen,

Sieben Monde, für eine Bewandtnis hat. Den Johnny habe ich hinzugefügt, als der Weiße Mann kam, weil ich dachte, das würde jung und sexy klingen, aber das war nicht so gut. Heute glaube ich, daß es schlecht ist, sich einfach irgendeinen Namen zu wählen, aber ich behalte ihn trotzdem bei, um mich daran zu erinnern, daß man mit seinen Fehlern weiterleben muß. Meinen Namen Sieben Monde habe ich mir während meiner Lehrzeit als Medizinmann verdient. Ich bin alleine losgezogen, um meinen Namen in einer Vision zu finden. Ohne Nahrung zu mir zu nehmen, bin ich herumgewandert und habe danach gesucht, drei Tage lang, eine ganze Woche. Nichts geschah. Am Abend des siebten Tages, als die untergehende Sonne das Meer berührte, bin ich einer Gruppe Mädchen aus einem anderen Dorf begegnet, die unterwegs waren, um Beeren und Binsen zu sammeln. Es war ein warmer Herbstabend. Sie lagerten an einem Fluß, kochten einen fetten Lachs und hatten Eichelbrot und Beeren. Hast du nicht auch in deinem Leben die Erfahrung gemacht, daß der Hunger in dem Augenblick am heftigsten ist, wenn er gleich gestillt werden wird? Sie haben mich eingeladen, und es war ein Festmahl. Und in dieser Nacht, während der Vollmond über den Himmel zog, habe ich jede einzelne von ihnen umarmt, und mit jeder habe ich gespürt, wie der Vollmond in meinem Körper brannte und ein großes, perlenhelles Licht in meinem Kopf explodierte. Sieben Mädchen, sieben Monde...« Er machte eine Pause, lächelte in der Dämmerung. »Dein Whiskey... vier Monde, vielleicht fünf.«

Von da an kreuzte Johnny Seven Moons, bis er sechs Jahre später starb, regelmäßig etwa alle zwei Monate auf. Großvater Jake genoß seine meistens stumme Gesellschaft und schätzte seine seltenen Worte. Ob aus Hochachtung oder Mißtrauen vor der

Sprache, Seven Moons sagte nie viel, aber wenn er schon mal den Mund aufmachte, dann hatte er auch etwas zu sagen.

Großvater konnte sich noch genau an einige seiner Sätze erinnern.

Einmal, als sie zusahen, wie die Sonne über dem Pazifik unterging, hatte Seven Moons mit der wohligen Gelassenheit eines ewigen Bewunderers erklärt: »Weißt du, ich habe dreißigtausend Sonnenuntergänge erlebt, und ich kann mich nicht erinnern, daß auch nur zwei davon gleich gewesen wären. Was können wir uns noch mehr wünschen?«

Ein andermal hatte er mit einer weit ausholenden Handbewegung auf die Landschaft gedeutet und gesagt: »Ihr weißen Männer habt viel getan, um uns all das wegzunehmen, aber nichts, um es auch zu verdienen. Ihr wollt euch alles untertan machen, aber wenn ihr nur einmal einen Augenblick lang still verharren und *fühlen* würdet, dann wüßtet ihr, wie alles sich nach Freiheit sehnt.« Verächtlich spuckte Seven Moons aus. »Und all diese Leute mit ihren Zäunen – Zäune, nichts als Zäune! Geht es nicht darum, nichts ein- und nichts auszusperren? Ich weiß, daß du das verstehst, Jake, denn du hast keine Zäune. Du widmest dein Leben der Whiskeybrennerei und der Stille, und das sind edle Beschäftigungen, eines Mannes Geist würdig.«

Dieser Gedankengang beschäftigte Großvater, als Tiny begann, Zäune zu bauen. Und als Tinys Jagd auf Lockjaw zu einem Ritual der Besessenheit geriet, verfolgten Großvater die letzten Worte, die Seven Moons an ihn gerichtet hatte, selbst noch im Schlaf.

Damals hatte er Seven Moons bis auf den Bergkamm begleitet, um ihm dort auf Wiedersehn zu sagen. Kurz bevor sie sich trennten, hatte Seven Moons auf eine frische Wildschweinspur ge-

deutet und mit einem strahlenden Lächeln bemerkt: »Ein Hoffnungsschimmer – die Gezähmten verwildern wieder. Wildschweine sind wundervolle Geschöpfe. Ihre Körper sind dazu geschaffen, den Himmel hochzustemmen. Ich hätte nichts dagegen, eines Tages ein Wildschwein zu sein... ein großer, alter, verrückter Keiler. Das wäre großartig.«
Großvater ging die Geschichte nicht mehr aus dem Kopf, und so erzählte er Tiny schließlich, daß er es für möglich hielt, daß Lockjaw die Wiederverkörperung der Seele von Johnny Seven Moons war. Er bat Tiny, einmal darüber nachzudenken, bevor er sich restlos darauf versteifte, Lockjaw zu erledigen.
Tiny schüttelte stur den Kopf. »So was gibt's nicht, Großvater«, antwortete er beinahe flehend. »Wenn jemand stirbt, dann ist es aus. Einfach aus. Und damit hat's sich.«
Also ließ Großvater es dabei bewenden. Es hatte keinen Zweck, das Thema weiter zu erörtern, zumal er von seiner Ansicht nicht ganz so überzeugt war wie Tiny von der seinen. Er hatte sein Sprüchlein aufgesagt und damit das getan, was er gegenüber seinem Enkelsohn und seinem alten indianischen Freund für seine Pflicht hielt. Der Geist von Johnny Seven Moons mußte, welche Gestalt er auch angenommen haben mochte, auf sich selbst achtgeben. Und das galt auch für Tiny, was immer ihm bestimmt sein mochte.
Ein paar Tage später, bei seinem allabendlichen Spaziergang, begegnete Großvater auf dem alten Reitweg, der zur Claybourne-Ranch führte, Lockjaw. Sie stolperten völlig unerwartet oben auf der Anhöhe übereinander, wichen beide im ersten Moment zurück und gingen dann zum Angriff über. Großvater wurde in die Luft geschleudert, absolvierte einen anderthalbfachen Überschlag

und klatschte auf die regenweiche Erde wie ein Bündel Gedärme auf einen Schlachthausboden. Zum Glück war die Flasche Ol'Death Whisper in seiner Manteltasche das einzige, was dabei in die Brüche ging, und der Dunst des verschütteten Whiskeys ließ den riesigen Keiler rasch torkeln; er ging zwar ein paarmal mit weit aufgerissenem Rachen auf Großvater los und stieß nach seinen Rippen, aber die Tränen strömten ihm aus den brennenden Augen, und Speichel blubberte in seinem entstellten Rüssel. Lockjaw verschwand schwankend im Gebüsch, und Großvater begann, nach dem Schaden an seiner Person zu forschen. Er tastete sich methodisch von oben bis unten ab und rechnete damit, daß er schier in Stücke zerrissen war und blutete. Doch alles, was er fand, waren ein paar Flecken Wildschweinspeichel auf seiner rechten Seite. Da verflog der Schock, und Großvater erinnerte sich: wie Lockjaw über ihm drohend aufragte, mit dem Kopf nach ihm stieß, einfach riesig in der Dunkelheit, aber alt, uralt; die Haut hing faltig herunter, die Rippen ragten wellig heraus, beide Hauer fehlten und waren entweder dicht am Kiefer abgebrochen oder herausgefallen.

»Gottverdammt«, ächzte Großvater und rappelte sich hoch. »Ein Glück, daß dies ein *fairer* Kampf war... ich glaub nicht, daß ich den durchgestanden hätte, wenn er nicht schon genauso runtergewirtschaftet wäre wie ich.« Er schabte sich den Schmutz ab, so gut er das in der Dunkelheit konnte, und ging dann weiter in Richtung auf die Claybourne-Ranch. Nun war er froh, weil er Tiny nicht weiter zugesetzt hatte, Lockjaw könnte vielleicht Seven Moons sein, denn jetzt war er sich dessen nicht mehr so sicher. Der Johnny Seven Moons, den er gekannt hatte, der wäre dageblieben und hätte den verschütteten Whiskey aufgeschlabbert.

Großvater erzählte Tiny nichts von dem Zusammenstoß. Nachdem er drei Nachmittage lang darüber nachgedacht, das Problem mit der langsamen, genüßlichen Gründlichkeit, die der Lohn eines geruhsamen Lebens ist, hin und her gewälzt hatte, entschied Großvater sich wieder für Neutralität. Er würde Tiny nichts von Lockjaw erzählen, und Lockjaw nichts von Tiny. Nachdem er das beschlossen hatte, wandte Großvater seine Aufmerksamkeit dringenderen Angelegenheiten zu, wie zum Beispiel, Fup das Fliegen beizubringen.

Eines Nachmittags saß Großvater auf der Veranda, ließ wie üblich seine Gedanken schweifen, nahm hin und wieder einen kleinen Schluck, gab Fup auch ein bißchen in die Untertasse und wurde sich plötzlich bewußt, daß die Unsterblichkeit schon anfing, ihn zu langweilen. Er brauchte eine Aufgabe; eine Aufgabe, die nicht nur Ansprüche an seine Weisheit stellte, sondern sie auch vertiefte: Er mußte irgend etwas lehren, was er selbst nicht konnte. Ein Schüler war zum Glück zur Hand. Er beugte sich zu Fup herunter, streichelte ihren glatten Hals und sagte schmeichlerisch: »Fup, ich finde, du solltest fliegen lernen. Es würde Wunder wirken, was dein gesellschaftliches Leben angeht. Teufel, du könntest dir einen Ehemann angeln, oder wenigstens mal für eine schnelle Nummer mit einem Erpel mit smaragdgrünem Kopf im Schilf verschwinden. Tiny und ich haben schon mal darüber gesprochen, ob wir dir nicht einen Gefährten besorgen sollten, aber ich hab kein Talent zum Zuhälter, das ist die Wahrheit ... und außerdem wär das eine Beleidigung, so hübsch wie du bist.«
Fup schaute ihn stumm an und schob müde den Kopf unter den Flügel.

»Mensch, Mädchen, stell dir das doch bloß mal vor«, beharrte Großvater. »Du könntest von hier bis nach Mexiko fliegen, einfach so dahinschweben und auf alles herunterschauen und dir denken, ihr könnt mich mal alle, quak!«
Fup zog den Kopf wieder unter dem Flügel hervor und antwortete mit kräftiger, fester Stimme und nicht ohne eine Andeutung von Spott: »Quak... uak... uak.« Dann zischte sie ein bißchen und stampfte herum.
Großvater legte das als nicht restlos begeisterte Zustimmung aus. Mit der Diät war Fup allerdings überhaupt nicht einverstanden. Auch Tiny hatte nur sehr widerstrebend zugestimmt und vorausgesagt: »Das wird ihr nicht gefallen.«
»Wenn man fliegen will, muß man Opfer bringen«, argumentierte Großvater. »Wie soll sie sonst bei dem Gewicht vom Boden hochkommen?«
»Sie ist nur etwas groß geraten für ihr Alter«, verteidigte Tiny Fup. »Die Proportionen stimmen.«
»Tiny, sie ist nicht nur etwas groß geraten für ihr Alter; selbst für eine ausgewachsene Ente wäre sie riesig. Ich hab im Leben schon Millionen Stockenten gesehen, und Fup ist nicht bloß eine Idee oder ein bißchen größer als die anderen, und auch nicht anderthalb oder zweimal so groß: Sie ist ungefähr siebenmal so groß. Ich meine ja auch nicht, daß sie grotesk fett oder unförmig oder irgend so was ist, sondern bloß ein bißchen zu schwer fürs Fliegen, das ist alles. Verdammt, natürlich füttern wir sie weiter, nur nicht mehr in den Mengen.«
Aber Fup wollte genausoviel haben wie immer und war beleidigt, wenn sie es nicht bekam. Sie musterte ihre Ration, als ob sie sich anstrengen müßte, sie überhaupt zu entdecken, schlang sie mit

der Hast falscher Dankbarkeit herunter, drehte sich dann herum und schiß in die Schüssel. Sie behielt ihre täglichen Gewohnheiten bei, halbwegs gestärkt von den Extrahappen, die Tiny ihr bei der Arbeit zusteckte, war aber beinahe ständig schlechter Laune. Fup war ernstlich sauer, ein Gemütszustand, den Großvaters Lehrmethoden kaum verbesserten.

Großvater pflegte bei jeder Gelegenheit jedem, der in Hörweite geriet, die drei großen Geheimnisse zu erklären, nach denen man vorgehen müsse, wenn man nicht die geringste Ahnung von dem hat, was man da tut. In der unveränderlichen Reihenfolge, in der er sie stets aufzählte, lauteten sie: Intuition, Vernunft und Verzweiflung. Seine Intuition als Fluglehrer sagte ihm, daß es vermutlich am einfachsten wäre, Fup zu schnappen, sie auf eine Wiese zu tragen und dort in die Luft zu schleudern. Im ersten Moment war sie sicher davon überrascht, aber ihr Instinkt würde sie zweifellos dazu veranlassen, die Flügel auszubreiten. Und wenn sie einmal an diesem Punkt angelangt war, begriff sie bestimmt, worum es ging.

Fup schlug, ohne auch nur den kleinsten Flügelschlag angedeutet zu haben, wie ein Sack Zement am Boden auf, zuckte ein oder zweimal noch schwach und blieb dann reglos liegen. Herr im Himmel, ich hab sie umgebracht, dachte Großvater und rannte zu ihr, aber als er sich ihr näherte, war Fup sofort auf den Füßen, klapperte mit dem Schnabel wie ein Kastagnettenspieler im Geschwindigkeitsrausch und ging schnurstracks auf Großvater los. Großvater bedeckte sein edelstes Teil mit beiden Händen und nahm den kürzesten Weg zur Veranda, war aber nicht schnell genug: Fups Schnabel schlug tief in seine Wade wie der Schnappbügel einer Wolfsfalle. Großvater kam taumelnd wieder auf die

Beine, verfluchte den Verrückten, der in seinem Kopf auf einen Gong schlug, und befand, daß er in der jüngsten Zeit nun wirklich mehr als genug an Hieben aus dem Reich der Tiere habe einstecken müssen. Fup wirbelte bereits wieder herum und griff erneut an. Großvater ergab sich klugerweise sofort.
Da die Methode mit der Intuition offensichtlich nicht besonders, falls überhaupt, funktionierte, wechselte Großvater mühelos zur Vernunft und der mathematischen Schönheit der Logik über. Es störte ihn nicht im geringsten, daß seine Intuition diesmal falsch gewesen war: Mit Intuition ging manches oft daneben, bisweilen sogar auf spektakuläre Weise, doch wenn es klappte, ersparte das eine Menge Zeit, und der Geist tat einen Freudensprung – und natürlich kann diese grundlegende menschliche Befriedigung, auf Anhieb recht zu behalten, auch gar nicht geleugnet werden. Die Vernunft ist zuverlässiger, aber langsamer. Doch ist Geduld wiederum kein Luxus für Unsterbliche. Sie haben Zeit, alles richtig zu machen.
Großvater überlegte sich, daß eine glückliche Ente eine bessere Schülerin sein würde als eine gekränkte. Deshalb strich er als erstes Fups Diät und gab ihr sogar noch etwas mehr zu fressen als ihre sowieso schon üppig bemessenen, normalen Portionen, als Wiedergutmachung gewissermaßen. So stand er bei Fup bald wieder in hohen Gnaden, worüber Tiny schrecklich erleichtert war.
Nachdem er Fups Respekt und Zuneigung wiedergewonnen hatte, dachte Großvater über die Voraussetzungen und die Techniken des Fliegens nach und begann dann mit dem, was die Vernunft als Anfang aufzeigte: Fliegen hieß, mit den Flügeln schlagen.

Also versuchte Großvater Jake nun jeden Nachmittag – außer sonntags – Fup auf der Veranda beizubringen, mit den Flügeln zu schlagen. Das war nicht leicht. Fup breitete die Flügel aus, als wolle sie deren Unterseite ein wenig lüften, wedelte damit sogar flüchtig, schien aber ansonsten offensichtlich nicht daran interessiert zu sein, zu einem kontinuierlichen Flügelschlag überzugehen. Großvater gab trotzdem nicht auf. Er stand ihr in Socken gegenüber, drosch seine knochigen Arme durch die Luft und beschrieb Fup bei jedem Flügelschlag, den er ihr vormachte, den Genuß richtigen Fliegens. Er versicherte ihr, das sei noch besser als eine ganze Nacht mit einer Sechzehnjährigen im Bett, besser als Sauerteigbrot mit Schmalz, schöner als Mondlicht auf den Silbertannen und den Blättern der Vanille, schöner als explodierende Blüten im Gehirn... Fliegen, das war alles Eßbare und Wünschenswerte in einem, unendliche Freiheit und grenzenloses Vergnügen zugleich.
Jeden Tag eine Stunde lang, bis seine Arme schmerzten und sein Gesicht ein trübes Purpurrot annahm, beschrieb Großvater stammelnd die widersprüchlichen Geheimnisse einer Ekstase. Obwohl er sie selbst nicht kannte, besaß er trotzdem den Glauben daran oder die Narrheit, sie zu versprechen.
Nach zwei Monaten hartnäckigstem Unterricht begann Fup eines Tages, in Einklang mit seinen wilden Armbewegungen die Flügel zu schlagen. Großvater Jake war entzückt.
Nachdem Fup endlich das Flattern begriffen hatte, kam als nächster Schritt der Start dran. Um den zu üben, gingen sie von der Veranda hinunter in den Hof. Großvater machte ein paar kurze Läufe bei gemäßigtem Tempo quer durch den Hof, um die Grundtechnik zu demonstrieren. Diesmal kapierte Fup sofort, und bald

schleppten beide ihre Hinterteile hügelabwärts zum Teich, wobei sie mit den Flügeln beziehungsweise Armen in der Luft herumruderten, um Auftrieb zu bekommen. Doch obwohl die Schwerelosigkeit lockte, hob keiner der beiden bei den ersten Versuchen vom Boden ab. Beim dritten Anlauf, bei dem Großvater sich wirklich mit aller Kraft ins Zeug legte, mit den Beinen pumpte, mit den Armen ruderte, spürte er, wie sich in ihm das erste Vibrieren vor dem Abheben auslöste, und wie jeder gute Lehrer das tun würde, schaute er sich um, ob Fup vielleicht schon in der Luft war. In diesem winzigen Moment der Unaufmerksamkeit rannte er mit voller Wucht gegen den Walnußbaum und wurde so k.o. geschlagen, daß er auch bei neun noch nicht wieder auf den Beinen gewesen wäre.

Als er endlich und seltsam ruhig wieder zu sich kam, watschelte Fup um ihn herum und quakte besorgt. Er streckte die Hand aus, um sie zu beruhigen, setzte sich auf und fing wieder einmal an, den Schaden festzustellen, ein Vorgang, der sich inzwischen mit betrüblicher Regelmäßigkeit zu wiederholen begann, wie er fand. Seine Nase war gebrochen oder zumindest kräftig angeknackst. Seine Oberlippe war ziemlich übel aufgeplatzt, aber doch längst nicht so schlimm wie damals, als Alma May, seine dritte oder vierte Frau, ihn mit dem Kartoffelstampfer verprügelte, weil er ihr vorgeschlagen hatte, es einmal auf dem Küchentisch nach Hundeart zu treiben. Die Lippe und die Nase würden schon wieder heilen, aber daß er sich die letzten beiden Zähne mit Gegenbiß ausgeschlagen hatte, deprimierte ihn. Vorsichtig ließ er seine Zunge zu den empfindlichen, leeren Zahnhöhlen wandern und spürte, wie melancholischer Überdruß in sein Blut einsickerte. Die Ewigkeit zahnlos zu verbringen, war eine ziemlich betrübliche

Aussicht – aber wer weiß, vielleicht wurde sein Zahnfleisch im Laufe von ein paar hundert Jahren hart genug, um damit Koteletts abnagen zu können. Es galt, sich friedlich dreinzufügen und den Glauben zu behalten, daß war das Wichtigste. Aufzugeben war herzlos. Trotzdem war Großvater Jake froh, weil morgen Sonntag war und er Fup keine Flugstunde geben mußte. Er war müde und verspürte ein starkes Bedürfnis nach Ruhe. In der letzten Zeit bekam er wirklich immerzu eine auf den Deckel, und er mußte darüber nachdenken und herausfinden, was um Himmels willen da bloß los war. Irgend etwas war los, das stand fest. Aber Großvater war sich auch schon sicher, daß er diese Vorgänge wahrscheinlich niemals wirklich verstehen würde, und das trug zu seinem Gefühl der Erschöpfung entscheidend mit bei. Es war ein Puzzle, in dem nicht alle Stücke zusammenpaßten. Er wußte, daß ihm nichts anderes übrigblieb, als sich daran zu gewöhnen, wenn er es wirklich ernst mit der Unsterblichkeit meinte. Er war nun fast hundert Jahre alt. Er hatte beinahe keine Zähne mehr, und der Atem wurde auch knapp, und wenn das so weiterging, dachte Großvater bei sich, dann brauchte er bald einen kompletten neuen Körper, bloß um mit seinem Geist mitzuhalten.

Tiny und Fup brachen am nächsten Morgen beim ersten Tageslicht auf. Sie wählten die Abkürzung unterhalb des Gipfels von Rifkin's Draw und liefen dann an dem südlichen Grenzzaun entlang, den Tiny gebaut hatte, als er sechzehn war. Sie legten ein paar Minuten Pause ein, bis das Tageslicht heller wurde, und folgten dann dem Zaun entlang des Waldrandes, um zu einer Moorquelle zu gelangen, an der Lockjaw sich gerne suhlte. Sie waren noch keine hundert Schritte weit gegangen, als Fup eine Fährte witterte, loslief wie ein Jagdhund mit Stammbaum und ganz aufgeregt quakte. Tiny brachte sein Jagdgewehr in Hüftanschlag. Er konnte nur einen kleineren Bereich entlang des Zaunes einsehen, weil Baumschößlinge ihm die Sicht versperrten. Fup marschierte da mitten hindurch, den Hals gereckt wie eine Schlange, und quakte heftig, und Tiny stampfte hinter ihr her durchs Gebüsch. Als sie endlich aus dem Unterholz herausgelangten, verharrten sie beide abrupt, und für den Bruchteil einer Sekunde herrschte tiefe Stille: Lockjaw lag kaum zwanzig Schritte vor ihnen auf dem Bauch und starrte ihnen entgegen. Sein linker Hinterlauf war in einem Maschendraht-Wirrwarr gefangen.

Tiny riß das Gewehr an die Schulter. Fup quakte schrill und wie hysterisch zu seinen Füßen. Tiny hielt genau zwischen die Lichter des Keilers, die ihn unverwandt anblickten. Er hatte Lockjaw vor sich, dessen war sich Tiny sicher, obwohl der alt und krank aussah; er hatte keine Hauer mehr und zerfetzte Ohren, und die einstmals pechschwarzen Borsten auf dem Rücken waren von gespenstischem Grau. Tiny holte tief Luft und versuchte, Fups panisches Gequake zu überhören, atmete langsam halb aus, zielte dabei noch immer genau über Kimme und Korn zwischen Lockjaws Lichter und krümmte langsam den Finger am Drücker. Fup, die völlig aufgelöst zu seinen Füßen herumflatterte, bekam das mit und biß Tiny, so kräftig sie nur konnte, ins Bein.

»Es ist Lockjaw, *Lockjaw*!« schrie Tiny und trat nach ihr. Empört quakend gelang es Fup gerade noch rechtzeitig auszuweichen. Ohne Fup weitere Beachtung zu schenken, visierte Tiny rasch wieder den Zielpunkt zwischen Lockjaws Lichtern an und drückte ab. Im gleichen Augenblick flog Fup auf, stieß gegen den Gewehrlauf und brachte Tiny aus dem Gleichgewicht. Er stolperte rückwärts und hatte Fup genau vor der Mündung, als der Schuß losging und sie in Stücke riß.

Tiny stockte der Atem. Auf Händen und Knien kroch er zu Fups zerschmetterten Überresten hin. Als er sie keuchend einsammeln wollte, um sie wieder zusammenzufügen, verweigerten seine Hände den Dienst. Als er es schließlich doch schaffte, einen verstümmelten Flügelrest zu berühren und Fups Blut auf seinen Fingerspitzen dampfte, hörte er, als sei es weit weg, wie ein tiefer, gequälter Schrei aus seinem Körper gerissen wurde. Tiny kauerte sich auf die Fersen und weinte.

Dann verstummte er. Er spürte, wie Lockjaw ihn anstarrte, und wandte sich zu ihm um. Lockjaws Kopf ruhte flach ausgestreckt auf seinen Vorderläufen. Sein Blick war direkt und doch irgendwie weit weg und völlig gleichgültig. Langsam wurden die Augen trübe, umwölkten sich, und der Blick verlor sich hinter stumpfem Silberglanz, der Farbe des Himmels kurz vor einem Regen, eine Farbe wie der Untergrund eines Spiegels.

Tiny erhob sich, ging zu dem toten Keiler, zog die Zange aus der Hosentasche und befreite Lockjaws Hinterlauf aus dem Draht. Der große, hagere Körper sank auf die Seite. Tiny kniete nieder, berührte vorsichtig das linke Auge und hinterließ dabei einen leicht blutigen Fingerabdruck auf der glasigen Oberfläche. Das Auge reagierte nicht. Tiny preßte nun seinen Handteller direkt unterhalb der Schulterpartie fest auf den Brustkasten des Keilers. Unter dem Borstenkleid war kein Herzschlag zu spüren. Einen Augenblick vermeinte Tiny dennoch, im Inneren eine Bewegung wahrgenommen zu haben, einen matten Pulsschlag, aber er war sich nicht sicher. Vielleicht handelte es sich nur um das letzte Zucken eines Nervs, den unwillkürlichen Reflex eines glatten

Muskels kurz nach Eintritt des Todes. Dann spürte Tiny diesen Pulsschlag deutlich ein zweites Mal. Tiny ging daran, dessen Ursprung zu ergründen. Vorsichtig tastete er den Wildschweinkörper ab. Eine Handbreit über dem Penis bewegte sich etwas gleichmäßig unter den Rippen. Tiny legte beide Hände auf den kahlen Bauch und drückte behutsam. Eindeutig war da ein regelmäßiger Pulsschlag vorhanden, der gegen seine Handflächen pochte. Tiny rollte Lockjaw auf den Rücken, dessen Beine dann irgendwie seltsam in die Luft ragten. Tiny zog sein Taschenmesser heraus und klappte die lange, schmale Klinge auf, die er immer zum Auswaiden benutzte, und führte den Schnitt rasch über die gesamte Länge der Bauchpartie. Blut sprudelte dabei wie Kielwasser hoch, und als Tiny den Eber auf die Seite fallen ließ, quollen die Eingeweide heraus.

Zwischen den warmen Darmschlingen lag ein blutig orangefarbener Sack aus dünner, glitschiger Haut, in dem etwas gleichmäßig pulsierte. Geschickt, nur die Spitze des Messers benutzend, schlitzte Tiny ihn auf.

Darinnen sah er, was seine Mutter auf dem Grund des Sees hatte glänzen sehen: einen Lichtpunkt, leuchtend und hell, der sich teilte, in zwei, in vier, in acht weitere, die zu wirbeln begannen und sich auf ihrer blendenden Bahn vervielfältigten, bis sie sich durch Kohäsion zu einer neuen Form zusammenschlossen und sich der Lichtbogen aus Energie in Materie verwandelte; das weiße Pergament einer Schriftenrolle entfaltete sich strahlend in der Sonne. Es schien so, als konsolidiere sich das wirbelnde Licht oder werde absorbiert, und es verblaßte zu der Gestalt eines Entenkükens. Fup schüttelte die an ihr klebende Haut der Membrane ab, schlug mit den nassen Flügeln und probierte ein leises

Quak-Quak. Sie wuchs in Sekundenschnelle, plusterte sich unter Tinys verblüfftem Blick weiter auf, war plötzlich ausgewachsen und schrie triumphierend: »QUAK-QUAK-QUAK-QUAK!«
Tiny streckte die Hände nach ihr aus, Fups Flügel und das Wasser schienen zu explodieren, und sie flog auf, wie sich das für eine Teichente gehörte. Tiny schrie. Fup brach ihren Steigflug ab und nahm fröhlich quakend Kurs nach Osten. Erstaunlich graziös für ihren Umfang, drehte sich plötzlich aus dem Wind und kam in weitem Bogen zurückgesegelt.
»Fup! Fup!« rief Tiny und winkte mit beiden Armen, als sie über ihn hinwegflog. Sie wendete in einer weiten, nach oben gerichteten Kurve und kreiste erneut über ihm. Plötzlich legte sie die Flügel so am Körper an, als ob sie erschossen worden sei, sackte etliche Meter durch, bevor sie sie wieder ausbreitete, stieg wild quakend abwechselnd auf und ab, verstummte wieder und begann dann, sich in einer vollkommen, sich öffnenden Spirale in die Höhe zu schrauben. Tiny stand wie angewurzelt da und schaute benommen zu, wie Fup am Himmel verschwand.
Der Schuß hatte Großvater Jake alarmiert und abrupt aus dem Schlaf gerissen, und so war er noch etwas taumelig in seinen langen Unterhosen losgezogen und hatte sich an Tinys Klagerufen orientiert, bis er die Anhöhe oberhalb des Zaunes erreichte. Er kam gerade in dem Moment dort an, als Tiny Lockjaw aufschlitzte, und stand wie erstarrt, als aus dem toten Keiler Fup zum Vorschein zu kommen schien und ihren spiralförmigen Aufstieg begann. Großvater schaute wie verzaubert zu und flüsterte immer wieder vor sich hin: »Verdammt noch mal, das glaub ich nicht.« Dabei tat er es, ohne jedes Zögern.
Als die Ente am Himmel verschwunden war, rief Großvater nach

Tiny, doch er lag auf Händen und Knien im Gras und suchte nach Fups einstigen Überbleibseln. Sie waren verschwunden, keine einzige versengte Feder, kein Fetzchen Fleisch, nicht eine Spur war von ihr da.

Zwischen Erleichterung und Entsetzen hin- und hergerissen, sprang Tiny auf und rannte zum Zaun, baute sich vor einem Rotholzpfosten auf, schloß beide Hände zu einer Faust zusammen und schlug mit aller Kraft zu. Der Schlag ließ den Pfosten dicht über dem Boden abbrechen, aber die Drahtspannung hielt ihn an seinem Platz fest und ließ ihn vibrieren. Tiny riß an den Drähten bis seine Hände blutverschmiert waren, und schrie: »So, jetzt lauf ruhig durch, du kommst durch...«, bis der Schmerz ihn an seine starke Zange erinnerte und er wild deren Schneide einsetzte. Jeder strammgespannte Draht zischte an ihm vorbei wie ein gerissener Nervenstrang. Als Tiny den letzten Draht durchtrennte, schnellte der baumelnde Pfosten mit zurück und verfehlte Großvater, den Tiny nicht bemerkt hatte, nur um Haaresbreite. Der alte Mann warf sich instinktiv auf die Seite, fiel hin und schrie noch auf dem Boden: »Verdammt, Tiny, jetzt reicht's. Mach die Augen auf und paß auf... du hättest mich in Scheiben schneiden können wie ein hartgekochtes Ei.«

Als Tiny seine Stimme hörte, ließ er die Zange fallen und kam schluchzend angerannt, hob seinen Großvater auf und hielt ihn an sich gedrückt, und Großvaters dürre Beine in den langen Unterhosen strampelten dabei in der Luft herum. Sie hielten sich lange so umarmt; Tiny weinte, und Großvater klopfte ihm mit den knochigen Händen auf den Rücken und tröstete ihn: »Ist ja gut, mein Sohn, ist ja gut«, und dann gingen sie nach Hause, um einen Schluck Whiskey zu trinken – einen Schluck, der einfach großartig schmecken mußte, wie Großvater meinte, weil sie ihn dringend nötig und restlos verdient hatten.

Danach rührte Großvater eine Woche lang keinen Whiskey an, als ob er diesen einen noch immer genießen würde. Tiny arbeitete nicht an seinen Zäunen. Sie zogen los, um Lockjaws sterbliche Überreste zu begraben, ehe die Vögel sich über ihn hermachten. So halb rechneten sie damit, daß er auch schon verschwunden sein würde, aber der tote Keiler lag noch immer da, wo sie ihn verlassen hatten, stocksteif, das Gedärm dick mit Fliegen besetzt. Sie begruben ihn unter einer alten Weißeiche. Sogar Großvater griff zur Schaufel und brach sein eigenes oberstes Gebot, niemals vor Mittag auch nur einen Schweißtropfen zu vergießen.
Sie saßen fast die ganze Woche auf der Veranda, schauten zu, wie es Frühling wurde, und sprachen von dem, was geschehen war. Tiny erzählte Großvater immer wieder und wieder, wie er Fup aus Versehen erschossen hatte, wie sie in Stücke zerrissen worden war, als sie scheinbar ein Wildschwein verteidigte, das sie angeblich haßte, und wie sie dann – was Großvater bezeugen konnte – als ausgewachsene Ente mit vollem Federkleid und unversehrt aus dem toten Lockjaw zum Vorschein gekommen und davongeflogen war. Tiny wollte wissen, wie so etwas möglich war.
Und jedesmal gab Großvater Jake ihm im Prinzip die gleiche Antwort: »Ich kapier das auch nicht. Oh, natürlich kann ich mir Gründe dafür ausdenken: Fup hat gesehen, daß er sowieso im Sterben lag, und gewollt, daß du seinen Tod respektierst und ihn allein sterben läßt. Oder sie wollte nicht, daß er als Gefangener im Maschendraht erschossen wird, weil sie das vielleicht als sei-

ner nicht würdig empfand. Oder aber wir waren Idioten, als wir Lockjaw unterstellt haben, daß er sie aus dem Pfostenloch ausgraben wollte, um sie zu seinem Mitternachts-Imbiß zu machen. Es ist auch denkbar, daß er in Wirklichkeit versucht hat, sie daraus zu retten, oder daß Fup dies zumindest geglaubt hat. Das alles zusammen könnte zutreffend sein, oder nichts davon, sondern etwas völlig anderes. Und wie sie in das Wildschwein reingeraten ist und dann wieder raus, das weiß ich auch nicht. Es scheint eben einfach nicht möglich zu sein, manche Sachen zu erklären, es mag sogar sein, daß es die meisten sind. Es ist interessant, darüber nachzudenken und ein paar Spekulationen anzustellen, aber der springende Punkt ist, daß man alles einfach hinnimmt, wie es eben ist – und weiterlebt.«

Als Tiny sich am Ende der Woche wieder an die Arbeit machte, schnitt er als erstes breite Durchgänge in alle Zäune, und dann fertigte er aus Rotholz Gatterpfosten an. Die Pfosten standen, und Tiny wollte schon das erste Gatter einhängen, als er beschloß, daß die Gatterpfosten noch mit dem Schnitzmesser bearbeitet gehörten. Er beriet sich mit Großvater, der ganz seiner Meinung war. Einen Gatterpfosten sollte ein geschnitzter Bärenkopf zieren, einen anderen vielleicht eine springende Regenbogenforelle, und einer mußte unbedingt eine Ente bekommen, eine fliegende Ente zur Erinnerung an Fup. Und am Gatter des Hauptwegs, der zum Haus führte, würden sich Bärenzwillinge sicher gut ausnehmen, und auf der Nordseite, wo man zu dieser schönen Wiese kam, wäre ein Dreiender gerade richtig, genau so ein Bock wie der, den Großvater 1964 dort erlegt hatte... ja, ja, das Ganze war eine ausgezeichnete Idee, denn Zäune sind schließlich bloß so gut

wie ihre Gatter. Als Tiny an diesem Nachmittag zum ersten Mal mit Holzhammer, Stechbeitel und Schnitzmesser hantierte, spürte er, wie sich sein Leben unter seinen Händen veränderte. Fups Abbild wuchs langsam aus dem Holz.
Am Ende dieser Woche begann Großvater auch wieder zu trinken, aber mäßig und mehr so als Vorbereitung auf die Feier, die drei Tage später anläßlich seines hundertsten Geburtstags stattfand und auf der er und Tiny und mindestens ein Drittel aller Nachbarn sich so betranken, daß sie kaum noch stehen, geschweige denn aufhören konnten, zu lachen.

Am nächsten Morgen wachte Großvater, einhundert Jahre und einen Tag alt, sehr spät auf. Es war ein wunderschöner Frühlingstag, und er setzte sich mit einem Krug Ol'Death Whisper auf die Veranda, um damit den Brummschädel vom Vorabend zu vertreiben. Als er sich bereit für die nächsten hundert Jahre fühlte, kochte er zum Abendessen einen großen Topf voll Wildfleisch-Stew. Dazu gab es Brot. Nach dem Mahl teilten Tiny und er sich das letzte Stück Geburtstagstorte, das auf dem Fest übriggeblieben war. Anschließend schaute er eine Weile zu, wie Tiny ein paar Entwürfe für seine Gatterpfosten-Schnitzerei skizzierte, gab ihm ein paar gute Tips und machte dann seinen Abendspaziergang.
Als er davon zurückkam, hatte er ein paar Extraschlucke Whiskey nötig, um die Abendkühle aus den Knochen zu verdrängen, stieg dann in den langen Unterhosen ins Bett und las in einem alten Almanach noch eine Geschichte von einem Abenteurer, der im Amazonasgebiet von einem Stamm von Kopfjägern adoptiert wurde, die beiden hübschen Zwillingstöchter des Häuptlings heiratete und fünf Kinder zeugte und nackt herumlief, bis die

Missionare kamen, und mit ihnen die Hölle und alle unsere kühnen Fluchtversuche vor der Hölle. Großvater fand die Geschichte gar nicht einmal so schlecht, obwohl sie vermutlich der größte Mist war. Er löschte das Licht und schlummerte ein.

Er träumte von den beiden hübschen Zwillingstöchtern, die sich warm an ihn kuschelten, während der Vollmond blendend und glänzend über dem Fluß aufstieg. Er meinte den leisen Ruf eines Kindes im anderen Zimmer zu vernehmen wie vor vielen Jahren. Und dann hörte er, wie sein Name geflüstert wurde. Vielleicht war es Tiny, der ihn wecken wollte, oder eine von den schönen Häuptlingstöchtern, die seinen Namen im Schlaf murmelte. Er lauschte aufmerksam in die Dunkelheit, mit einer Konzentration, die ihn von sich selbst loszulösen schien in ein Schweben im Leeren. Er spürte, wie sein Herz aufhörte zu schlagen, und der letzte Atemzug ihn in beredter Stille zurückließ. Er wartete reglos, hörte, wie ein leiser Ruf zum Mond hinauf verklang, und dann das Wispern von Flügeln, als er hochgehoben wurde.

An der Art, wie sie ihn trugen, merkte er, daß es keine Engel waren, die er auch nicht hätte haben wollen, sondern Enten. Er war sich da so sicher, daß er sich nicht einmal die Mühe machte, die Augen zu öffnen. Geduldig raffte er sich noch zu einem Herzschlag, zu einem Atemzug auf, und erklärte ihnen dann dickköpfig, mit Nachdruck und ohne eine Spur von Reue oder Bedauern: »Gottverdammt, ich war unsterblich, bis ich gestorben bin.« Er wartete, aber es kam kein anderer Atemzug. Er entspannte sich, fiel in sich zusammen und ließ sich von ihnen davontragen.